GAEA

Gaea

安那其的黑色流星

童育園——著

安那其的黑色流星

目錄

第一章／震災中的裂縫與重生 …… 005
第二章／黑色流星 …… 061
第三章／自由的命運 …… 099
第四章／法布爾的蟲 …… 133
第五章／全島大逮捕 …… 167
第六章／流星之後 …… 203
附　錄／歷史關鍵字 …… 233
寫在小說之後 …… 251

第一章
震災中的裂縫與重生

1

窗外是陰暗的冬日。六疊【註】的房間內，乾冷的空氣中飄散著紙張與顏料氣味。小澤一坐在房間中央，黃哲濱則抱著速寫簿，踞坐於一角。

昭和二年，在小澤前往千葉縣服兵役之前，黃哲濱畫下了他。

小澤穿著一套黑色立領學生服，隨意坐在地上。那是一副削瘦的、放鬆的軀體。黃哲濱的視線穿過空無一物的畫架，抵達他。

他用鉛筆輕輕描繪小澤凹陷的頸項、突出的顴骨邊緣，線條錯落出這副身體。安那其的身體。那是黃哲濱眼中的小澤。學畫以來，他不曾有過如此想畫下一個人的決絕。小澤過往的遲疑、言詞，此刻的呼吸、神情，就這樣經由細微的繪畫動作被他記憶。

註：疊，榻榻米的計算單位，通常一疊爲一張榻榻米，面積約一點六二平方公尺，兩疊榻榻米約爲一坪。

「回來之後會變得健壯吧。」

「是啊。」

黃哲濱想像那是一種被馴化的過程。進入國家與軍隊的運作中，重塑身體與精神的慣性。對一個無政府主義的黑色青年而言，那些國家軍隊的訓練或許是無意義的折磨，是一種精神的摧毀和重塑。而在往後數十年的日子裡，他從未忘記過那個冬日清晨。那是他最後一次見到小澤。

黃哲濱一直以爲那本速寫簿不見了，也許是在警察上門搜查時被帶走了。他丟失了那些時空留下的痕跡與輪廓，甚至懷疑，少年的小澤與他的黑色青年聯盟，是不是眞實存在過。直到五十多年之後，他收到一個從美國寄來的包裹。他拆開包裹，看見一封字跡工整的日文信件。學生時期一同寫生的朋友把那本速寫簿寄還給他。

哲濱兄：

多年不見，一直掛念著這本速寫簿必須交還給你。偶然得知你的近況與住址，想不到竟也過了大半輩子。

年輕時與你度過許多出遊寫生的日子，我曾經因爲羨慕你在台北師範學校跟隨石川老師學畫，擅自拿了你的速寫簿回家研究，卻在簿子裡發現黑色青年聯盟的宣傳單。不久後就聽說你因爲黑色青年事件被逮捕。我擔心受到牽連，遲遲沒有將速寫簿交還給你，非常抱歉。後來我因爲某些因素逃亡到日本，又來到洛杉磯投靠親友。不知道能否有機會回去台灣，只希望這本速寫簿能順利回到你手中。

祝　康安

郭清水 1989.4.12

速寫簿的紺色封面已經褪色，起了毛邊。那是他年少時的一段時光，黃哲濱用蒼老的雙手，小心翼翼地翻開速寫簿。

年輕時候的記憶浮現，往日學畫時的熟悉畫面重新暈染開來。

他翻開速寫簿，看見鉛筆和水彩繪成的山嵐與樹木、街景、自轉車（腳踏車）、磚紅的房屋、總督府。倏忽之間，總督府高塔後方天空的雲影快速移動，彷彿時空被調動，被召喚。

2

他望向窗外鐵路沿著山川海岸遠離鄉野，進入現代化都市，眼前陌生的景色，對黃哲濱來說，充滿新奇。春日早晨的天氣依然濕涼，火車開進台北，他鬆開緊握的雙手，感覺手心冒著小小汗珠，微小的焦慮伴隨著期待的心情。

車站裡人來人往，也看見不少像他一樣，提著行李、相貌青澀的平頭少年。

大正十三年【註】，黃哲濱從公學校畢業；他離開家鄉台中，進入台北師範學校就讀。到台北唸師範學校，是公學校導師安田先生的建議。師範學校的學費和寄宿費都不必擔心，由公費負擔，畢業後則義務擔任公學校教職。許多家境貧窮的本島青年都選擇報考，黃哲濱在五百多人當中，考進了前五十名的錄取窄門。安田先生不但認爲內地人與本島人地位平等，鼓勵他繼續升學唸書，也十分欣賞他的繪畫才能，是他重要的恩師。

收到入學通知書那天，安田先生興奮地來到黃哲濱家拜訪。他這才知道原來錄取通知與入學準備的訊息，已傳到了畢業的公學校，成為全校慶賀的大事。

母親停下手邊的裁縫工作，充滿感激地向安田先生道謝，然後到灶邊燒水泡茶。

安田先生則和黃哲濱討論起到台北入學後的住宿安排。約莫一個月後要辦理入學、搬進學寮（宿舍），當天需要有一位住在台北的父兄或保證人陪同報到。黃哲濱正苦惱台北並沒有認識的親戚可以幫忙。

「我有一位同鄉的好友川崎，在台北高等學校任教，是個十分熱情、對朋友和學生慷慨和善的人。不如我來寫信問他是否願意帶你到師範學校報到？我想他一定會欣然答應的。」

「真的嗎！安田老師對我太好了，實在不知該如何感謝您才好。」

「不必放在心上。到了新學校好好學習，我會為你感到驕傲的。」安田先生伸手放在黃哲濱的肩膀上，面容和藹親切。

註：大正十三年，即西元一九二四年。

入學的日子很快就到來，黃哲濱帶著行李，興奮又緊張地在台北驛下車。他步出車站，四處張望，看見車站牆上的時鐘，還沒到他跟川崎先生約定的時間。於是他停下腳步，放鬆心情，站在車站門口靜靜等著。

台北驛前表町通的街道兩旁，種著一整排蒲葵，寬闊細密的樹葉在陽光下發亮。

「請問是黃哲濱同學嗎？」

「是的，您是川崎老師，對吧。」

「太好了，我沿路問了幾個學生都不是，還擔心我來遲了。」

川崎先生一身輕便的短袖西式襯衫，頭上戴著一頂藺草編成的巴拿馬帽。

他們走在明亮寬敞的街道上，川崎熱心地爲他介紹沿路的建築，博物館、公園、總督府、測候所……也有不少他在台中不曾見過的店家，銀行、商會、旅館、新高堂書店……最後來到了台北師範學校。

川崎陪他完成了入學報到，並跟他一起將行李帶到學寮。

黃哲濱還必須等待舍監點名與生活規則宣講，他愼重地向川崎先生道謝並道別。

「學校對面的專賣局直走，經過三個路口，右邊第二間木造房屋就是我家。」川崎熱情地舉起手，指向校門口說道。「日曜日有空就來我家玩吧，我介紹寄宿在我家的本島人高校學生給你認識一下。」

黃哲濱答應川崎會去他家拜訪，微彎著身表達謝意，目送川崎先生離開。

台北師範學校規定所有學生都必須住進學寮，過著規律的團體生活。

每天清晨，學寮裡一大群學生聚在水槽前排隊盥洗，接著前往操場參加朝會、做體操，活動身體、提振精神，然後回到食堂安靜地吃早餐。

下午三點結束課堂之後，他們會在學校分配的一小塊土地上翻土、澆水，練習種植蔬菜或花草，實踐在課堂上學到的農業知識。傍晚回到學寮澡堂盥洗，休息片刻之後，再繼續到自習室複習老師在課堂上教授的國語（日語）、歷史、算術、博物等科目。

不同的課程與農業實習，都是爲了培養公學校教師具備教育本島孩童國語、算術、史地等的能力，以及農耕的技藝。

在台北師範的同班同學幾乎都是本島人，學寮的住宿生活也有不同年級的學長照應，學習風氣積極且融洽。

黃哲濱在新環境認識的第一個朋友，是個自稱「石頭」的同班同學。石頭是一位性格爽朗、膚色黝黑的少年，黃哲濱不只和他同班，也剛好與他被分配在同一間寢室，是這間寢室裡新來的兩名新生。

「塩見老師的歷史課眞是有趣，時間好快就過去了，眞期待下次上課繼續聽故事。黃君你覺得呢？」在學寮一樓的自習室裡，石頭放低音量，用國語混合著台灣話跟黃哲濱閒聊。

「是啊，很吸引人呢。我也很喜歡昨天圖畫課的石川老師。」

「哎呀，我對畫圖實在不擅長，昨天那些幾何圖形畫得歪七扭八。我大概永遠也無法成爲像石川老師那樣高雅的紳士。」石頭做了一個嚴肅卻充滿喜感的表情。黃哲濱差點在安靜的自習室裡笑出聲。

石頭雖然有些粗線條，但出身農家的他，在課後的農業實習總是架勢十足，體操課上也是肢體靈活、身手矯健的全場焦點，黃哲濱對他十分欣賞。

充實的課程與學寮生活，塡滿了黃哲濱大部分的時間，一週很快就過去了。

日曜日是沒有安排課程的一天。他們排著隊向舍監報備，隊伍間滿溢著即將放假的愉悅感，大家都迫不及待地討論著待會兒要去哪裡走走。離開前將學寮大門邊自己的名牌翻轉到另一面，就能夠自由外出。

早餐之後，學寮裡有不少學生仍待在自習室，認眞完成這週的課堂作業或筆記；下午學生們各自安排了輕鬆愉快的休閒活動，幾個好友相約去公園散步、逛街或看戲，有些學長則騎著自轉車出去玩。

這天下午，黃哲濱依約前往川崎老師家。他穿著一身嶄新的夏季白色制服，戴著制帽，邁開步伐，走在城市的街道上，少年稚氣的臉龐散發自信的光采。

川崎先生是台北高等學校的歷史老師，是個開朗熱情的人，談吐充滿文藝氣息。川崎的家庭成員包括川崎太太和四歲的男孩恭一，以及一名女傭。川崎一家住在一樓，有個寬敞的起居室、臥房，一間小小的女傭房和洗澡間，二樓則有兩間六疊左右的房間，出租給寄宿的高校學生。

他們在起居室圍著矮桌喝茶、吃點心。坐在黃哲濱對面的王永德，是台北高校尋常科少數的本島人學生，川崎先生稱讚他是個聰明勤奮的好學生。王永德含蓄地微笑，卻散發著令人難以忽略的菁英氣場。

黃哲濱不自覺地坐得更挺，他抬頭注意到起居室的櫃子裡擺滿了川崎的藏書，有夏目漱石、菊池寬的小說，也有西田幾多郎《善的研究》、《藝術與道德》那樣有點深奧的書；都是些內地新潮的、黃哲濱聽過卻不太熟悉的書。

「川崎老師的藏書眞是豐富。」

「我記得還有幾本介紹世界美術的書籍，你喜歡畫圖，對吧？」

「是的，我來看看。」黃哲濱眼睛發亮，拿起其中一本翻閱。

「歡迎你常來這裡看書，我的學生們偶爾也會來跟我借書呢。」川崎自豪地說道。

黃哲濱捧著色彩鮮艷的書頁和畫作仔細端詳，王永德也湊過來一起看。

川崎非常健談，滔滔不絕地分享他的讀書心得與藏書，談起文學和哲學的名家，有不少黃哲濱沒聽過的陌生名字，但他依然聽得津津有味。一旁的永德似乎已經讀過這些書，不時提出自己的見解與疑問。黃哲濱感到有些崇拜，也從對方身上得到一些刺激，激勵自己必須更勤奮地閱讀，吸收時代新知。

傍晚的斜陽映照在川崎家的庭院中，樹叢葉面閃動著金光，天色漸漸暗下。結束愉快的談話，黃哲濱疲憊但滿心欣喜地離開川崎家，獨自靜靜走回學寮。他暗自期待著下次還可以與川崎和永德聊聊什麼新的話題或作品。

在台北師範學校唸書的時間感受，像是火車車窗外的景色迅速掠過，他無暇停下來觀望什麼，眼前的事物和光影不斷流過。黃哲濱逐漸習慣新的校園生活，忙碌的課業、寫生會或同鄉會的活動，使他認識了不少新朋友，也開展眼界，踏進更多他不曾接觸的領域，認識世界的不同面貌。

升上二年級之後，他偶爾還是會到川崎家拜訪，這是他在台北除了學校以外，最熟悉的地方。見到川崎和永德，總令他特別安心，能敞開心胸談論近來的發現和困惑。

某個秋日午後，他整理好於農業實習課中收成的葉菜、幾顆南瓜與胡蘿蔔，打算送給川崎老師。他滿心期待下個日曜日去見川崎和永德。

寄宿在川崎家樓上的另一位內地人高校生，上個月回東京準備大學考試，空出的房間搬來一位從東京回來的獸醫學校學生小澤一，是川崎太太的弟弟。

小澤帶著簡單的行李，在秋天住進川崎家二樓一個六疊大的房間。那天是日曜日下午，川崎夫婦就像是見到了許久不見的朋友，愉快地接待小澤。他們在起居室喝茶、吃點心，殷切地問他在東京的生活狀況。

這天，下午來到川崎家的黃哲濱，一進門就感受到熱鬧的氛圍。

「黃君，一起來喝茶吃點東西吧。這位是小澤先生。」川崎先生向他介紹。

他將手上的蔬菜瓜果交給川崎太太，和小澤相互問候之後，便坐下來一起聊天。

「永德今天去參加辯論部的演講活動。小澤君剛搬來我家樓上的房間，他是我之前在台北第一中學校任教時的學生，也是松子的弟弟。」

「是啊，是我家最小的弟弟。」川崎太太端了兩片蛋糕給小澤和黃哲濱。

「姊姊謝謝。」小澤像孩子撒嬌般地笑著。

「兩年前關東大地震【註】，我還很擔心你在東京的狀況啊。」川崎幫小澤倒了一杯熱茶，一邊感嘆地說，「好一段時間都聯繫不上你呢。」

「是啊，能活下來真是萬幸。那時候東京一片混亂……」小澤話說到一半，神情嚴肅，陷入了沉思。

「小澤君在東京唸書嗎？」黃哲濱問。

「是的，我在東京唸獸醫學校，也在一個工場做事。」小澤說起他在東京的所見所聞，以及地震後動盪的社會變化。

大地震發生的數日內，房屋倒塌與多起火災，如同人間煉獄。政府還趁機殺害許多異議人士；小澤談起尊敬的前輩大杉，在地震後的混亂中遭憲兵殘忍殺害，讓他決意要走向無政府主義的革命路線。

黃哲濱扶著茶杯邊緣，低頭看著杯中的茶葉浮浮沉沉。小澤話說到一半，忽然沉默起來。黃哲濱抬頭，有些好奇地，以餘光打量身旁這個靜默若有所思的人。小澤描述震災後的社會動盪，無政府主義運動的變化，都是他不曾聽說過的。他卻覺得小澤說話的聲音和眼神，乾淨得令人無法懷疑，他知道自己可以相信這個人。

一旁房間的拉門緩緩被拉開了一點縫隙。

恭一小小的身體站在門口，望著起居室裡的大人。

「恭一，來看看是誰來了。」川崎太太向兒子伸手，恭一怯生生地走來桌邊，窩在母親身旁。

註：關東大地震發生於一九二三年九月一日。

「你在台北中學校讀書的時候，這孩子才剛出生。時間過得眞快。」川崎太太抱著恭一，對小澤說。

「恭一長大了呢，還記得我是誰嗎？」小澤望著恭一圓圓的眼睛微笑。

「恭一那時還沒長大，可能沒有印象。對了，黃君的家鄉也在台中州對吧，小澤君和松子也是在那裡長大的。」川崎先生對黃哲濱說道。

「是的。」黃哲濱點頭回應。

「我和兩個姊姊在彰化出生。以前父親在彰化擔任巡查長，我唸小學校的時候，全家就搬來台北生活了。」小澤對他說。

「原來如此。」同鄉的背景讓黃哲濱感到親切，但內地人與本島人的隔閡，仍讓他隱約感覺到某種距離感。

「這次你回來台灣，父親知道嗎？」川崎太太像是忽然想起什麼。

「他不知道，我和那個人已經很久沒聯絡了。母親過世之後，他調任到基隆，我和他的爭吵也在那個時候結束了。」小澤幽幽說道。

他們的對話停在這裡，聽見窗外雨水落下，天色漸漸暗了。

回到學寮，黃哲濱整理好隔日要穿的制服，躺在床上，同寢室學長發出小小的鼾聲。屋外冷涼的濕氣圍繞，季節正在悄悄變換。他反覆想著傍晚在川崎家起居室的對話，漸漸陷入夢鄉。

3

每週一個小時的圖畫課，是黃哲濱最喜歡也最期待的課程。

石川老師的圖畫課深受學生喜愛。他溫文儒雅，對水彩特別執著，課堂上他會介紹自己的風景水彩畫，耐心教導學生們靜物素描，有時還會帶他們在校園或戶外寫生。台北師範學校有不少學生因此對繪畫產生興趣，跟隨他學畫，甚至決定走上藝術的道路。

除了課堂時間，假日黃哲濱也經常和同樣喜歡畫圖的學長們，隨著石川老師到台北郊外、大稻埕或淡水等地寫生。認識許多他以前不曾見過的景色，以鉛筆素描或水彩描繪鄉野和城市的樣貌。

對黃哲濱來說，每一次的寫生練習都充滿驚喜。日光持續偏移，雲影遮蔽光線，光的強度與色調每一刻都不同。每棵樹木都是全然不同的姿態，建築與街道空間隨著觀看視野而產生變化。

描繪眼前所見的風光，必須將自己放在自然景物之中，想像草木和環境的關係，用身體感官去描摹，就像是長出新的觸角般重新感受世界。

他認眞適應學校的課業，課餘時繪畫、閱讀，也對台北這個現代化城市感到新奇。自動車（汽車）在路上奔馳。穿著洋服的男女，咖啡店與喫茶店的流行。電影與戲劇的光影流轉。收音機。電話鈴聲。有人騎著自轉車穿梭在街道上，城市的面容千變萬化。

他在速寫簿裡畫下那些令他著迷的街景。

這次石川老師帶著他們去總督府附近的街道寫生，順道討論、觀察了這棟建築物的格局、比例。大家一邊聽著老師講解，一邊著手練習勾勒總督府的輪廓，調整觀察的角度，思考著應該把這座高塔放在畫面中的什麼位置。

但石川老師顯然對這座高瘦的新式建築沒有好感，告訴學生他認爲比起總督府，你們家鄉的農家、廟宇或相思樹，有更美的景致。

鄉間的平房與田野，怎麼會比高聳氣派的總督府更美呢？黃哲濱在心裡對石川老師的這段話暗自疑惑著。

他在速寫簿裡試著畫了許多總督府，不同視角、不同空間感覺。下個土曜日（週六）他也帶著水彩畫具與畫架，獨自來到總督府附近，在人來人往的街邊樹下，專注畫出那座對稱且穩固的建築。高聳的塔樓貫穿這幅水彩畫，像是煙囪般佇立在畫面中央。

寫生完成以後，太陽還高掛在天邊，他正想著要去哪裡消磨這個假日午後時，竟巧遇石頭，開心地與他揮手相認。

「黃君出來寫生嗎？我要去港町的文化講座【註】聽講演會。很有趣的，要不要一起去？」石頭熱情地邀請他。

註：港町文化講座，舊址位於台北市貴德街四十九號。一九二三年起，由林獻堂、蔣渭水等組織的「台灣文化協會」設立。台灣文化菁英會於每週六在此舉辦集會演講，傳播知識、宣揚自覺理念，也是推展文化藝術，推動台灣民主化，鼓吹非武裝抗日運動的重要場所。當時總督府會派人監視並阻止講者批判日本政府，因此後來講習會以馬拉松形式進行，若有人上台演說被警察勒令下台，另一人就會立刻上台接力演講。

「好啊，正好我也畫完了。」看見石頭神情雀躍的模樣，黃哲濱也感到有些期待。

他們加快腳步，匆匆抵達文化講座。人潮眾多，室內很快擠滿了群眾。門外還有幾位警察前來監聽演說內容。

首先是連溫卿先生講「世界語是什麼？」黃哲濱聽了十分好奇，原來還有這種能夠跨越民族與國家的語言。但演說不到二十分鐘，就被警察下令中止。

台下聽眾拍手致意，連先生鞠躬並請下一位講演辯士上台。

洪朝宗先生講的則是「平等」，提到被殖民的台灣人遭受不平等待遇，又說起無產者、勞動者與婦女議題，未及五分鐘立刻被警察喝斥，要求他中止演說。最後由黃白成枝講「安全第一」，大約十來分鐘便引起警察的注意，命令中止並解散這場講演會。

人們雖然服從命令，退出室內，但沒有完全散去。

有些人聚集在街道上議論，黃哲濱和石頭也在街上徘徊，聊著剛剛在文化講座裡見到的洪朝宗先生。

石頭似乎對洪先生印象深刻，說起六月時在青年體育館聽過洪先生反對始政紀念日的演說，覺得十分有道理。只是這場演說引起軒然大波，他聽說洪朝宗先生被警察逮捕，以違反治安維持法的名目起訴。

石頭滿腔熱血地說起他聽過的演說和想法，黃哲濱忽然看見遠方小澤一正在跟剛剛發表演說的連溫卿先生說話。

「石頭你看，那是不是剛剛講演會的連先生，旁邊似乎是我認識的人。」

「要上前去打招呼嗎？」石頭一副躍躍欲試的模樣。

黃哲濱有些猶豫，眼看著連先生和小澤結束談話，轉身離開，他趕緊舉起手跟小澤打招呼，小澤也朝他揮揮手，穿越人群走了過來。

「黃君去寫生嗎？」

「是的。寫生結束正好來參加講演會。」他身上還揹著畫具箱，臂彎裡抱著一本速寫簿。

「原來你剛剛也在文化講座啊。」小澤笑著說。

「這位是我同鄉的同學石頭，他常常來這裡，我是第一次來參加這種活動。」黃哲濱說道。

「初次見面，我是許石同，叫我石頭就可以。」石頭開朗地介紹自己。

「我叫小澤一，很榮幸認識你。」小澤伸手跟石頭握了握。

「黃君整天埋頭在繪畫的世界裡，以後我們再一起來聽講演會吧。」石頭對黃哲濱說道。

「好啊，今天的講演會很精彩。可惜被下令終止，沒能聽完全部內容。」黃哲濱有些惋惜地說道。

「我雖然不太懂台灣話，但曾經讀過連先生和洪先生的文章。兩位的演說想必非常優秀。」小澤回應道。

「小澤君之前認識連先生他們嗎？」石頭好奇地問。

「不，只是對他們提出的主張很有興趣。聽說他們今天會在文化講座演說，特地來見他們一面。」小澤笑著說。

「連先生談的世界語很有趣呢，我不曾想過語言還有這樣的用意與功能，能如此連結到民族的叛逆、人類的團結。我想或許繪畫的藝術也是一種能夠超越民族的溝通方式。」黃哲濱說。

「原來黃君是這樣想的，可以讓我看看你畫的圖嗎？」小澤輕聲問。

「啊，好啊。不嫌棄的話，請看看。」黃哲濱把速寫簿遞給小澤。

「是一座很美的建築呢。你喜歡它嗎？」小澤翻閱他的速寫簿，視線停留在總督府的高塔，看似不經意地問他。

他看著小澤纖細的手指，停頓在問題前方。除了石川老師，他很少這樣讓人瀏覽自己的速寫簿，裡面充滿了各種未完成的、粗糙的、原始的練習與構圖草稿。

「有時我覺得，那是一座美而無用的高塔。」黃哲濱緩緩吐出這句話。

「為什麼？」小澤的眼神停留在紙頁間鉛筆、水彩斑駁的線條和色塊上，讀著那些速寫。黃哲濱感覺到被侵犯，卻同時帶著智識上的親密。

「它是中空的、無法使用的空間，只有一座階梯能到最高處。」

「能抵達高處，也是它的用處吧。或許美也是。」

高聳的建築，對稱的美，這座總督府到底是什麼呢？聽了小澤的回應，黃哲濱回想起自己在總督府附近的街道上寫生，面對這座高塔時的感受。

「我在這座建築之前，感覺自己非常渺小。我畫它，瞻仰它，感覺與自然環境的寫生、校園或街道的寫生都不同。那座高塔很巨大，似乎無論如何都會成為畫面的中心。」

「無用的，中心的高塔嗎？」小澤若有所思地，低聲複誦。

4

回來台灣不久，小澤開始在淡水的長崎先生身邊當助手。

長崎先生是小澤父親昔日熟識的同僚，也是一位資深獸醫【註二】，專門防治牛、豬、馬等畜牧動物的疫病。小澤在台北中學校讀書時，曾寄宿在長崎先生家一段時間。長崎先生對獸疫的了解、醫治動物的才能，讓他心生崇拜。

在中學校的那段日子，小澤經歷母親病逝，他與父親的關係也更加惡化，他決定離開台灣，前往嚮往的東京獨自生活。在姊夫的介紹下，他到工場從事機械技工的工作，也在東京的獸醫學校進修學習。

他在獸醫學校認識了來自各地，背景不同，卻相處得和諧的同學們，他們大多懷抱學習一技之長，回到家鄉經營牧場、開設家畜病院的志向。在工場，前輩田中除了教導他操作機器的技巧之外，也和他分享許多勞動者運動和罷工的經驗。小澤因此接觸到東京的無政府主義組織——勞動運動社。

東京之於他，是個如異國般的地方，有時他仍會想起溫暖的、充滿水氣的台灣島。但那不是懷念家鄉的情感，他在那裡並沒有留戀的人或地方。隻身逃離了島嶼，逃離破碎而充滿紛爭的原生家庭，隱遁在陌生的、陰霾的東京街道，令他感覺自在，與自由。

「無論是朝鮮人還是台灣人，與東京這些日本人並沒有不同。民族的優越和自大，從來就只是強權支配社會的傲慢。人類應該自由且平等地互助。」在一個祕密的安那其講演會裡，小澤聽一位金子女士這樣說過。

小澤只見過她這麼一次，記得她正直堅毅的神情。後來再次得知她的消息，竟是大地震之後，政府以預謀暗殺皇太子的罪名將她逮捕入獄，金子拒絕政府的判刑，也拒絕了天皇的特赦；聽說她在獄中自殺身亡，結束了短暫的生命。【註二】

大正十二年的大地震，讓整座城市的一切崩塌，劇烈改變。

註一：日治時期有獸醫警察制度，動物的疫病防治也是警署管理的範圍。

小澤的生活因而停擺、陷入困境。東京滿目瘡痍，失控的大火延燒了兩、三日。小澤寄宿處的屋頂坍塌毀壞，行李全被埋在瓦礫堆裡。

地震發生後工場失火，他和前輩在午休時倉皇逃出，卻遇見老闆著急地趕來，命令朝鮮工人們跑回火場搬出貴重機械。小澤為此感到不平，立刻上前阻止，也和工場上司發生爭執，一群人大打出手。

在關東大地震的混亂中，小澤失去工作，獸醫學校也停課了。他轉而投入東京的無政府主義組織，在這無望的、迷失的日子裡，他讀起克魯泡特金、大杉榮。那些拒絕中央集權、拒絕國家與政黨，追求自由與自律的安那其思想，讓小澤感覺自己找到了容身之處，感覺世界有新生的可能。

因為無力繼續負擔學費，他從獸醫學校退學，也因此無法取得獸醫執照。但小澤並不在意，嚴重的震災讓他的精神與意志斷裂、重生，他已無意當一個由國家賦予權力的獸醫。不能說話，被人類豢養的畜牧動物，牠們的健康或疾病，也不是牠們自己的，而是人類生產與買賣的利益工具。

他知道這世界有無數人類也像動物一樣，遭受奴役，痛苦地活著。

所以，當他接觸到安那其主義時，深受觸動。他難以言喻、無法描述那是什麼，就像打開世界的核心，發現裡頭什麼都沒有，沒有規則可以依循，威權的語言與秩序都是精心打造的枷鎖。而世上有一群人相信著人類追求自由與自律的本能，主張社會並不需要任何掌握權力的組織，呼籲人們以直接行動推翻當前壓迫群眾的政府、資本家。罷工、革命、暗殺等行動與暴力，成爲安那其奪回自由的強硬手段。

小澤雖然對暴力的手段不全然認同，卻也理解這是最有力、最有效的途徑。面對在大地震混亂中趁機殺害大杉前輩的憲兵與政府，要以溫和理性的方式，對抗橫暴的強權，那是不可能的。

即使中斷了獸醫學校的學業，小澤仍想繼續學習醫治動物的能力，也想知道如何解救像動物一樣受到支配、奴役的人類。他答應了長崎先生的邀請，畢竟是他中學生時期

註二：金子女士的角色原型，改編自曾在朝鮮生活成長、活躍於大正時代的無政府主義者金子文子（1903-1926）。

眞正喜歡也信任的，讓他對獸醫萌生興趣的長崎先生。

「近年，那些獸醫講習生都畢業、自行開業了，我正苦惱沒有助手幫忙，小澤君剛好在這時回來，眞是太好了。」長崎先生一邊說，一邊忙著查看豬隻的口鼻與身軀，檢查豬瘟的症狀。

小澤在一旁負責記錄，塡上獸疫調查表。他這次回台灣，原本只是短暫停留，爲即將到來的兵役做準備，沒想到遇到長崎先生請他當助手。時隔近兩年，他重拾在獸醫學校習得的知識，跟著長崎先生奔走在北部各地的尋常農家、牧場。

一頭生病的水牛被綁在一棵茂盛的芒果樹下，和其他水牛隔離。病牛的身體發熱，口腔和牙齦有些潰爛，活動力也降低許多。長崎先生向牧牛的主人說明牛的病況，以及照顧的方法。小澤在一旁聽著，遠遠望向那隻灰黑的獸。

牠銀灰的牛角像月牙，耳朵前後靈巧地擺動。牛在樹下踱步，半邊的身軀鋪蓋著泥灰，頸下與胸前有著兩條白色條紋，深灰的毛皮黯淡無光。

老邁的農人不懂國語，朝河邊喊來一個瘦小的牧童。那孩子聽了農人的話，飛奔向熱鬧的鎭上，不久便帶著在鎭上從商的叔叔回來。年輕商人一身體面整齊的洋服，耐心地幫忙來回傳達農人的問題和獸醫的建議，就匆忙趕回鎮上做生意了。

小澤和長崎先生沒再聽說牛隻的病況，心想大概是康復了。

後來偶然在文化協會蔣先生家的聚會中，小澤又遇見了那位年輕商人。吳松谷認出小澤，主動上前打招呼，順道向他道謝。小澤也藉此問起農人和牛隻的近況。吳松谷說那是他的舅公，家裡生病的耕牛已經沒事了。

「下週土曜日在新舞台【註】，我們有新的文化劇上演，小澤君有空也一起來看戲吧！」吳松谷熱情地邀請小澤。

「好的，預祝你們演出順利。」小澤眞誠地說道。

註：一九〇九年（明治四十二年），日本人在大稻埕建造了「淡水戲館」（又稱「淡水會館」），專門演出漢語劇給台灣人觀賞。一九一五年（大正四年）時，鹿港富紳辜顯榮買下戲館，重新整修後將其改名爲「台灣新舞台」，當時邀請的多是來自上海的京劇團。一九三一年（昭和六年）年後，辜顯榮的義子楊蚶重整新劇班，改名爲「新舞社歌劇團」，開始演出歌仔戲，也因此帶動了歌仔戲的發展。

小澤除了忙碌於獸醫助手的工作，也積極參與本島青年的文化活動。這些知識分子先進的思想和行動，十分吸引他。每次多認識一個對文化與社會充滿熱情的朋友，就像是在幽暗的夜空裡發現一顆星星般，令人驚喜。

5

涼爽宜人的秋天來臨，是適合旅行與移動的季節。假日，石川老師帶著幾個學生，一起到新竹與苗栗寫生。鐵路往南奔馳，遠方逐漸長出山脈，鄉間的房屋低矮稀疏，橘黃的枝葉在風中飄動。

他們在田野小路旁停下腳步，放下畫架，決定在樹蔭下寫生。農家屋外有許多茂密的樹林，枝葉開散，在涼爽的風中搖曳。

「這些樹眞好。屋子前還是要種些健壯的樹木才好。東京發生大地震那天，我家立刻被摧毀了，幸好門口一棵樹撐住坍塌的屋頂，才讓我及時逃出，沒有受傷。」石川老師坐在樹下，望著前方的屋舍與樹叢，對身旁寫生的學生說。

這是黃哲濱第一次來到新竹、苗栗，帶路的李澤藩學長是新竹人，熱心地向他們介紹家鄉的特色和地景。城隍廟、新竹第一公學校，還有不遠處連綿的丘陵與山景。石川老師難得見到畢業的學生【註】，特別關心他回到家鄉、在公學校教書的感受。

寫生會另一位同行的李石樵學長，是個性格穩重的人，雖然沉默寡言，繪畫的才能與態度卻讓黃哲濱十分欽佩。

他們靜靜地，在鄉間的黃土小徑旁專注作畫。

歪斜、反覆的線條構成屋舍和樹木。黃哲濱抬頭看見樹梢的枝葉往上生長，指向天際。天空的雲影被風吹散，露出大片藍天。遠方小小的屋舍，被深色的群山簇擁著。他用鉛筆勾勒眼前景物，樹影被風吹動。

樹叢下的塊狀陰影，破碎地分裂又聚攏。

註：李澤藩於一九二一年進入台北師範學校就讀，一九二六年到新竹第一公學校任教，石川欽一郎於一九二四年至台北師範學校擔任囑託。

金色的陽光被苦楝樹細密的枝葉與果實篩過，褐黃的葉子飄落在黃哲濱的速寫簿上。葉的邊緣有淺淺的鋸齒。他伸手拾起落葉，摩娑葉脈的紋路。

在他小時候，母親做裁縫，除了製作、修改衣物之外，也時常幫布莊畫一些植物或花鳥圖樣。他看母親畫過不同的葉形，纏繞的藤蔓、淡雅的梅花、重瓣的大菊，或是充滿夏日氣息的牽牛花。

母親曾經教他在洋裁簿上畫一些簡單圖形，以及餐桌上的靜物或蔬果。記憶中母親在餐桌旁就著窗邊光線，仔細描繪、著色的專注景象，是黃哲濱對畫圖最初始的印象。

他用沾了水的彩筆將顏料暈開，帶著土色的鮮黃混入一點藍，調成深淺不一的，灰撲撲的綠。樹木有了顏色以後，再將黯淡的藍灰色堆疊在根部，輕輕刷成樹蔭。日光的溫度逐漸變弱，遠方有牛車緩慢駛來，黃昏也隨之籠罩。

他們幾乎都完成了寫生，細心收尾、調整細節，然後開始收拾畫具。

少年們圍著優雅的石川老師，步行在黃土的丘陵小徑上，踏上歸途。

李澤藩學長送他們到新竹驛，一路上談笑著，流露愉快的氣氛。

「老師在東京的家後來還好嗎？」那天寫生結束之後，石樵學長沉靜地問。

「花了許多時間才重建完成。大地震發生不久，正好遇上校長邀請我到台灣任教，我便答應了。也暫時離開因爲震災而一片混亂的東京。」石川老師神情輕鬆地回答。

石川跟他們提起自己在關東大地震時的見聞，像是鎌倉大佛因地震而向前滑動之類的事。

黃哲濱暗自想像，如果沒有發生那場大地震，石川老師還會再回到台灣嗎？還會來到師範學校，成爲他們圖畫課的老師嗎？

如果沒有那場大地震，今日的他們會在哪裡呢？也會來到這個多風的村落寫生嗎？地殼擠壓、錯動的瞬間，改變了一個時代或城市發展。殖民地的台灣與島嶼上的人們，或許也因遠方的大地震，看見了因地震而開闢的，如同裂縫一樣，鮮少人穿越的小徑。

6

師範學校各個科目的定期考試剛結束，迎來了祝祭日的假期。黃哲濱在接連的考試之後，獲得了小小的放鬆。他惦記著手邊有幾本永德借給自己的傳記和文學書，得找時間拿去川崎先生家。

無事的早晨，他悠閒地在學寮走廊上整理前一日洗好晾乾的制服，和幾個正要外出看映画（電影）的同學打招呼說再見。自習室裡讀書的同學比起平常少了許多，大家都趁著難得的休假日出去遊玩。

黃哲濱整理好制服制帽，書包裡裝著要還給永德的書，走出學寮上街，前往川崎先生家。一路上，測候所、小學校、專賣局都高掛著國旗，慶祝著明治天皇誕辰，也稱爲明治節。

他放慢腳步，在專賣局樟腦工場前停下，想起上週的圖畫課，石川老師介紹了自己描繪樟腦工場的寫生。看過老師那幅淡雅的水彩畫作，此刻眼前工場的景象似乎也變得特別漂亮，讓他忍不住停下來仔細觀察。

石川老師精巧的畫技，就像魔法般吸引人啊。他在心裡感嘆著。

「黃君，好久不見，你終於有空來找我了啊。」永德開心地前來應門。

「前兩週本來想找你聊聊，但川崎老師說你忙著辯論部的活動，不在家。」黃哲濱笑著回應。

他們進到起居室，席地而坐。

「上次跟辯論部的一群人到中部遠征，去好多地方演說，可把我累壞了呢。」永德開玩笑地抱怨。

「你們去了哪些地方啊？」黃哲濱問。

「去了台中、彰化、斗南、斗六的幾個公會堂，有幾個慷慨熱情的民衆還招待我們去家裡吃飯呢。」永德說道。

川崎先生從旁邊的房間拉開門走出來，穿著一套整齊合身的西裝。

「聽你們聊得這麼起勁，我就知道是黃君來了。我今天要出門去辦點事，你們慢慢聊。我先走啦！」川崎向他們打了聲招呼，便匆匆忙忙出門了。

「黃君今天有什麼打算嗎？該不會又要去練習寫生吧。」永德問道。

「沒有，今天想放空一下。也許去逛逛書店，在街上晃晃。」

「去新高堂書店嗎？還是新開的文化書局？」

「文化書局……在哪裡啊？王君去過嗎？」黃哲濱好奇地問。

「在太平町的大安醫院旁邊，我去過一次，那裡有不少新高堂沒引進的書籍。」永德提起書店，眼睛亮了起來。

「聽起來真不錯。」

「不如待會兒一起去看看吧。」

「當然好啊。」黃哲濱點頭回應。

他們聽見川崎家的大門緩緩拉開的聲音，王永德探頭看看門外是誰回來了。

「王君跟黃君，午安。」每次遇見，小澤總是親切有禮地向他打招呼。

小澤上午結束了在淡水接生小豬的工作，回到川崎家，一身卡其暗綠色工作服上沾滿了污泥和血跡。

「小澤君，我們打算去蔣先生的文化書局，要一起去逛逛嗎？」永德問。

「好啊。那請稍等我一下，我把這身衣服換了。」小澤說完，走上樓去。

王永德和黃哲濱對看了一眼，相視而笑，繼續聊了起來。

「小澤君的職業真是特別。雖然聽說過，但我從沒真正認識治療獸疫的醫生。」黃哲濱說道。

「是啊，這在鄉間似乎是地位低下，不被重視的工作。今天我在睡夢中聽見小澤君一大早就出門，眞是辛苦了啊。」永德回答道。

小澤換上了黑色的和服、木屐，披著一件輕薄的深灰色羽織走下樓，跟著王永德和黃哲濱出門去太平町逛書局。

時序已來到十一月，亞熱帶的台灣仍然溫暖，午時的烈日一點也沒有減弱。白日的長度正在緩緩縮短，過了傍晚五點，就是黃昏了。

他們在文化書局駐足許久，各自挑選了幾本書，度過一個愜意的下午。

永德在大稻埕巧遇高校辯論部的內地人好友，提議要去附近一家壽司店喝酒。

「你們眞的不來嗎？那眞是不好意思，我就先告辭啦。」永德眼看小澤和黃哲濱拒絕他的邀請，便跟朋友先離開了。

布滿晚霞的天空下，暑氣與光線開始消退。街上的人們結束一天的勞累，踏上回家的路。

「黃君也不喜歡喝酒嗎？」小澤隨口問道。

「與其說是不喜歡，應該說我從來沒喝過酒。」

「原來如此。我對喝酒的人有些偏見，也約束自己滴酒不沾。」

「有什麼特別的原因嗎？我倒是沒什麼偏見，只是不感興趣。」

「我父親是個酒鬼。他在家中總是喝得神智不清，也不理會孩子跟妻子，甚至帶著外面的女人回家。」小澤面無表情地說。

「原來是這樣。你怨恨他嗎？」黃哲濱問。

「我非常討厭他，他大概也討厭我吧。或許這跟酒無關，只是那個爛人剛好沉迷於飲酒。」小澤苦笑說。

「我父親也是個不負責任的人。我還記得我唸公學校時，他拿走母親辛苦工作存下來的積蓄，說要去東京做生意，卻從此消失不見。」黃哲濱也提起自己的遭遇。

「這樣啊，他會不會是遇到什麼意外？」小澤問。

「一開始我們也擔心他的安危，又聽說關東大地震造成的災情非常嚴重。但後來打聽到他在東京跟一位內地富家千金同居，還被對方家庭控告誘拐婦女。」黃哲濱解釋道。

太陽在路的遠方隱沒，天還未暗，淡藍的天邊有一塊霧灰的紫色雲影。

他們毫無目的地漫步在街道上，隨意交談，卻像是捨不得結束對話般，在川崎家附近繞了一圈又一圈。從自身的家庭背景、獸醫助手的工作，聊到黃哲濱畫圖寫生的心得，甚至是對動物、震災、人類生存的想法。

從傍晚直到天黑，星光變得明亮。大量且毫無節制的對話，讓他們逐漸變得熟悉。

黃哲濱問起小澤在東京的生活見聞。他靜靜聽著小澤說話，一邊觀察街上行走的人們——雜貨店的小販忙進忙出，穿著大襟衫的少婦抱著一束百合花。

不遠的前方，一對穿著和服的男女，正在討論近日上映的映画。有個年輕女子在書報攤前數好零錢，買了一份漢文報刊。人力車在街邊停下來，一個體態豐腴的婦人起身，彎腰牽著孩子下車，另一隻手提著包袱巾。

「在東京最有趣的事，大概是認識許多奇特的人吧。」小澤嘴角微微揚起，像是在笑著，眼裡卻沒有笑意。

「是獸醫學校的同學嗎？」

「不，他們都是些敦厚老實的人。」小澤停頓了一下，又繼續說，「我在工場工作時，跟著前輩加入了勞動運動組織，認識許多對資本社會、掌權者感到不滿的朋友。他們時常感到憤怒，但又抱持理想；他們講求現實，同時卻也執迷、瘋狂至極。」

「聽起來充滿矛盾。小澤君也是這樣的人嗎？」黃哲濱問。

小澤有些驚訝。思考了一會兒，皺著眉頭笑了。

「或許是吧。」他輕聲嘆息，像是在自言自語。

他們的對話暫時停在這裡。腳步持續前行，穿越交錯的街道。一輛黑色自動車呼嘯而過，捲起地上灰黃的塵土。

天色暗了，兩旁樓房的門窗紛紛亮起燈火。

「我很喜歡學校裡教圖畫課的石川老師，他似乎也是因爲前兩年東京發生大地震，才回到台灣任教。小澤君在東京的時候，也經歷過那場地震，對吧？」

「是啊，地震確實是很可怕。」小澤抬頭，看見傍晚在街上閒適移動、購物的人們。「但災難發生後，動盪恐慌的人心、失序的社會也是可怕的。災後人類暴亂的權力鬥爭，是比地震還要凶殘的野獸。」小澤這樣告訴他。

「人類比起天災，有更大的破壞力嗎？小澤君是這樣認爲的啊。」黃哲濱不太確定，有些疑惑地問。

「不，不是人類。應該說，是掌握權勢的組織，政府、政黨、集權的國家。」小澤的語氣堅定。

「國家嗎？原來小澤君也像文化協會的那些先生們一樣，抱持著反對帝國主義、爲殖民地的平等努力的想法啊。」黃哲濱試著推論。

「是嗎？我只是對人類的自由有興趣。」小澤像是有些傲慢，又帶著卑屈的口吻說。

「自由啊，眞是難以捉摸。」黃哲濱笑著說。

他們離開了熱鬧的街市，繞回安靜的小徑，步行回家。

天頂一塊半圓的月亮，看起來並不對稱，也不完滿，幽幽發亮。

難得的休假很快就過去了。黃哲濱回到學寮盥洗，伏在自習室的書桌上，靜下來寫日記。

他簡單記下這天和小澤的對話。小澤君是個有趣的人呢，他暗自回想。

後來的日子裡，偶爾會在他的夢境裡上演小澤說過的事件和場景。

那些安那其主義的話語變形扭曲，來到他的夢裡，像一隻又一隻黑色的獸，低聲叫喚。牠們匍匐爬行，迅速滋長，留下啃嚙的痕跡。

他夢見沒有臉孔的無政府主義者，在祕密聚會中談論如何推翻掌權者、支配者，改變世界與社會。一些陌生的名字，巴枯寧、克魯泡特金，像是咒語。他們拒絕任何權力的支配。他們以安那其的身分相互指認，以自由平等的社會作爲人類的理想。

直到地震發生，一瞬之間，房屋坍塌毀壞。許多人失蹤、死去，猛烈的火災延燒，街上人們驚慌逃命。城市崩塌、焚毀。震災與戒嚴下，他們傾慕的精神領袖被政府殘忍殺害，組織與活動也陷入沉寂。

陌生的主義，遠方的震災與暴亂，卻引起他的好奇，想要更接近，知道更多。

他難以解釋這一切爲什麼吸引他。那些瀰漫著焦味的夢境，飄忽的理想，帶著死亡氣息的安那其。

7

大稻埕這間叫作德豐號的布莊，有許多客人來挑選布料，訂製和服、洋服。店員熟練地介紹流行花色和材質，仔細為客人量身，確認合身的版型。櫃台裡，年輕的小老闆戴著一副厚厚的圓框眼鏡，低頭專心整理帳務。

正午的街市人來人往。趁著沒有客人的空檔，王詩琅放下手邊的帳本，非常珍惜地讀起谷崎潤一郎的小說。

公學校畢業後，王詩琅按照父親的安排，繼承了家中經營的布莊。

他和公學校的幾個朋友，還有一些中學生，時常聚會，一起讀書討論、交換想法。他們通常讀一些人物傳記、文學作品，偶爾會讀一些經濟與世界史，也有不少左翼思想的書籍。雖然為了掌管家業，無法繼續升學，王詩琅對知識的好奇仍然不斷增長，經營店舖的經驗更讓他加深了對商業與資本的興趣。

這天，他和讀書會的好友周和成，受到蔣渭水先生的邀請，去看文化協會在台灣新舞台上演的文化劇。傍晚，他把店裡的事務交給店員和父親，踏著輕快的步伐，出門去看戲。

近來文化協會的蔣先生和潘先生，偶爾也會在他們的讀書會中露臉，分享對當前社會的想法。雖然他與周和成並不贊同文協的議會設置請願運動，但王詩琅知道，同樣關心社會的改革進步的人，能多多交流、彼此認識，還是有益處的。

今日演出的戲碼是金錢與新舊婚姻，於晚上七點開演，台下滿座的觀眾十分投入，跟著劇中情節或憤慨或感動。然而王詩琅觀察到演出者的表情與動作過於誇張，應該收斂一些，才顯得更自然。劇中編寫的台詞像是在喊口號，稍嫌缺乏藝術性，令他感到有些失望。

看完這齣文化劇，王詩琅與周和成起身離座，緩緩往大門移動。周和成似乎遇到熟識的朋友，停下腳步與對方相認。

「詩琅，跟你介紹一下，這位是小澤先生。」阿成看來心情不錯。

王詩琅和善地跟小澤打招呼，握了手。

「就是那位小澤先生嗎？您是東京勞動運動社的成員，也是個獸醫，對吧？」王詩琅有些驚喜地問。

「是的。」小澤點頭，面露疑惑。

「我聽阿成說過他與你通信聯絡的事。」王詩琅接著解釋。

「王君和我是公學校的好友，我們每週都有讀書會，最近正好討論了大杉榮的著作，所以對東京黑色青年聯盟的狀況也很感興趣。」周和成對小澤說。

「原來是這樣啊。你們有心在繁忙中研讀這些書，真是令人佩服。」小澤笑著。

「都是自己胡亂讀的，也不專精，找朋友作伴討論而已。」王詩琅回應。

「我前些日子也讀了大杉前輩翻譯的《相互扶助論》、《昆蟲記》，感受到大杉前輩真是一位博學的社會運動家。」小澤分享他的想法。

「大約兩年前吧，我在報章上看到大杉先生在震災的混亂中遇害，凶手是個憲兵上尉，對吧？這件事給我很大的衝擊，覺得日本政府怎會變成這樣，對殖民地管理嚴格，卻在東京發生這種蠻橫的屠殺。」王詩琅娓娓道來，態度誠懇。

「是的，我也是受到這件事影響，才決定追隨大杉前輩，從事無政府主義的改革運動。說起來我和王君有類似的思想轉折呢，真是有趣的巧合！」小澤開心地說，難掩心裡的激動。

「確實是這樣呢，很高興認識你。」王詩琅輕輕抓住小澤的臂膀。

「前陣子王君和我讀了大杉榮的《自由的先驅》，按照書上寫的聯絡地址寄信到東京；結果收到一位近藤先生的回信，還陸續寄了一些雜誌給我們。」周和成興奮地提起他們和東京無政府主義者通信的事。

「我想我認識這位近藤先生，他也是我在勞動運動社的重要前輩。」小澤注意到周和成與王詩琅兩人專注的眼神，於是繼續說下去。

「今年一月我們在東京成立了黑色青年聯盟，集結全國各地的無政府主義者與團體。原本互不相識的安那其青年，難得聚在一起，發表演說，談論當前的政治與政府，但也因此觸動了警察的警戒心，立刻強制群眾解散，離開演講會場。」

「近來，台灣本島的警察也是濫用職權，什麼演講集會都要命令解散，眞是令人反感。我在報上讀過黑色青年聯盟的新聞，後來還發生了暴力衝突，是嗎？台灣日日新報社還批評這些黑色青年是烏合之衆呢。」周和成語氣中充滿感慨。

「是的，當時上百位參加者情緒高漲，難以平復，於是在銀座街頭示威抗議。也有一些成員憤怒地砸毀街上店舖的櫥窗擺設，與警察發生衝突，遭到鎭壓和逮捕。」小澤回想當時的景象，仍然歷歷在目。

「在我看來，黑色青年的集結是十分有意義的，尤其是在大杉遇害之後這幾年，政府和警方眞以爲強制的權力與支配，能夠控制個人的自由行動嗎？像是我們勵學會不過是聚在一塊討論讀書心得，警署三天兩頭便把我們叫去訓話。即便這樣，我們並沒有放棄，讀書會也日漸壯大。」王詩琅信心滿滿地說道。

「眞是佩服兩位堅毅好學的精神，我眞應該向你們多多學習。」小澤說道。

「小澤先生太謙虛了，我們雖然對無政府主義十分感興趣，卻都是紙上談兵，只是埋頭讀一些書。不像小澤先生實際參與革命組織，積極行動。」周和成對小澤表達了仰慕的心情。

「我想，我們或許也能集結台灣本島認同安那其主義的青年，交流意見，爲本島的勞動或文化運動尋找出路。」小澤提出一個想法。

「我們組織一個台灣黑色青年聯盟吧！」周和成提議。

「太好了，改天來討論未來的主張和行動吧，但也得小心警署的監視。」王詩琅左右顧盼，放低說話聲音。

看戲的人群早已散去，只剩下王詩琅、周和成與小澤。

周和成與王詩琅在這次的言談之間，流露出對無政府主義的強烈興趣，小澤雖然感到意外，卻也十分欣喜，沒想到回到台灣也能找到懷抱相同想法的同伴。

夜深了，靜謐的夜空裡，星月升到頭頂。街道安靜而漆黑，將所有事物都隱匿於暗處。這三個人像是有說不完的話，佇立在新舞台附近的街邊許久。

他們如同忘記時間般，歡快地聊天，想像著本島黑色青年團體的誕生與未來的景象。周和成愉快地談起自身的見聞、對文化協會的行動和文化劇演出的想法，接著，話題又繞回喜愛的書籍、東京的工會組織等……他們無止境地聊著，遲遲不肯道別離去。

8

王詩琅還在讀公學校時，總是戴著那副厚厚的圓框眼鏡，想透過它看清楚世界的樣子。十二歲的他身型瘦小，膽怯怕生，放學獨自抱著書包走回家，頭低低的，眼鏡被沙塵沾得灰濛濛。

在讀公學校之前，他在私塾裡學了幾年的漢文與日文。當同年級的本島人學生在校園裡玩樂笑鬧時，他總是默默在一旁讀自己的書，對於孩童的遊戲毫無興趣，像是個成熟的小大人。

午後的烈日當頭使勁地曬著，他加快腳步，圓圓的額頭上沁出小小的汗珠。

「目鏡仔！你的冊落去矣。」一個跟他穿著同樣的制服，身高卻比他高出許多的少年，用台灣話從背後叫住他。

「水……許傳，是漢文冊啊。你讀完了嗎？借我讀看袂，好嘸？」少年撿起地上的書本，把塵土拍落，仔細看著書的封面。

「好啊，你拿去讀吧。」王詩琅木木地回應。

「那我這本借給你，作爲交換，讀完再還我吧。」他從書包裡拿出一本杜斯妥也夫斯基的《罪與罰》。

「啊，好的。」王詩琅將厚厚的日文譯本接過來，好奇地翻看。

「再見啦！」那個少年忽然就跑得不見蹤影，王詩琅連他叫什麼名字都不知道，站在街上一臉迷惑。

雖然不知道對方是誰，但他猜想大概是和他同樣讀老松公學校的學長。

又過了兩週的時間，他才在學校附近遇到那個借書的少年。

「欸，目鏡仔，冊看了啊袂？」這次對方擋在他面前，雙手交叉抱在胸前，一副學長的架勢問他。

「還沒……那本書我讀不太懂。」王詩琅不好意思地說。

「哈哈，我也讀不懂，所以跟你交換。你那本《水滸傳》很不錯。」

「我也很喜歡《水滸傳》。」王詩琅也笑了。

「你家在哪裡，我下次帶書去還給你。」

「我家就在學校附近，是一間布莊，叫作德豐號。」

「知道了，下次見啊。」借書少年說完，又消失不見了。

他們互相借書了幾回之後，王詩琅才知道他是比自己大兩個年級的學長，叫作周和成。王詩琅是個單薄虛弱、孤僻不擅言辭，有些笨拙卻飽讀詩書的書痴，他眼中的周和成則是個善於交際應對，博學多聞且交友廣闊的文化分子。兩人的個性天差地遠，卻從此成了關係緊密的好友。

從公學校畢業後，王詩琅便聽從父親的安排，專心經營家中的布莊事業。沒能繼續升學讀書，有時讓他感到有些遺憾。原本家中的生意應該是他大哥負責張羅，但大哥身爲養子，竟然暗中搜刮店裡的錢財潛逃，這讓父親既錯愕又氣憤，一夕之間老了許多。

家中的氣氛陷入低迷，這時他才忽然意識到，自己不能繼續自由自在地耽溺在書堆中，必須擔起店裡忙碌的生意。

在他逐漸熟悉店裡的工作與帳務之後，他與周和成，還有一些繼續唸中學校的朋友們，組成了勵學會。

勵學會的讀書交流與團體活動，成爲王詩琅在德豐號繁瑣的經商事務之外，生活與精神的重心。經手各式書報販售的周和成，則和新高堂書店、文化書局展開合作，引進一些新潮的書報，大多是一些與左翼和共產主義相關的書，深受許多年輕學生與民眾歡迎，銷售也穩定成長。

除了一些人物傳記、研究社會問題的書籍外，勵學會有時也會討論《無產者新聞》或是《前進》雜誌這一類由周和成引進、帶起閱讀風潮的刊物。台北青年讀書會的幾名成員，偶爾也會來拜訪，跟著周和成到王詩琅家，參加勵學會每週的聚會。

「本來啊，我們是想組成一個台北青年會以團結台灣人，卻遇到重重困難。警署認定已經有一個本島人的文化協會，因此禁止我們另組團體。說來眞是無奈，只好偶爾透過讀書會來維繫大家的討論。是吧，阿成。」眼前初次見面的潘君，說起了台北青年讀書會。

「原來是這樣啊。我們也時常因爲勵學會的聚會，被警署找去問話，問我們讀什麼書、有哪些人參加，再軟硬兼施地勸我們讀書是個人努力，不必大費周章聚集這麼多人。」王詩琅談起自己的經驗。

「政府實在是大驚小怪，不過是跟朋友讀書聚會也要受到監視。辦個演講或聚會若是出現人潮，還會被警察大驚小怪地取締呢。」周和成語帶嘲諷地說道。

「說來你們也是天眞守法，還事先向警署申請登記結社。何不祕密組織，躲避警察的掌控？」王詩琅問。

「王君的想法眞是大膽，這樣可是犯罪啊！何況我們又沒做什麼壞事，寧可努力籌組一個合法的民族運動組織，光明正大地行動。」潘君仍對結社抱持樂觀態度。

「那只好祝你們順利成功了。」王詩琅笑著說。

「回歸正題，我最近讀了一本克魯泡特金的《告青年》，非常激勵人心，我下週帶來介紹給你們吧！」周和成態度認眞地說。

「當然好啊，期待阿成下週的演說。」王詩琅回應道。

「我會好好準備的。」周和成信心滿滿地說。

9

灰撲撲的街道，頂著逼近的厚厚烏雲，空氣也變得潮濕。驟雨急急落下，豐沛的水氣和涼意襲來。密集的雨點，讓路上行人紛紛躲進騎樓裡，或是加快腳步離去。

黃哲濱和同學們身穿蓑衣、頭戴斗笠，趕忙在雨中採收一些瓜果葉菜。

「哎呀！忽然就變天了，我可憐的菜苗才剛種下。」石頭看著幾顆尚未長大的南瓜，哀怨地說道。

「我們趕緊收拾好回學寮吧。」黃哲濱開口催促在雨中捨不得離開的石頭。

很快地，屋外風雨大作，他們在學寮安靜的自習室裡，聽見外頭傳來轟隆隆的雷聲和大雨的聲音。

這天，他收到阿湄寄來的信，信封裡還有十圓生活費，是阿湄在台北內地人家庭做女傭的部分收入。

阿湄是他唯一的妹妹，從小就勤奮又聰慧，為人可靠體貼，受到大人的疼愛和讚許。黃哲濱印象最深刻的，是小時候阿舅帶他和阿湄一起去參加小學校的轉學考試。

想要轉學去唸小學校，是黃哲濱主動跟阿母提的。本島人唸的公學校也很不錯，但教導內地人孩童的小學校，不只國語，各科目都教得更深入；小學校的課業雖然比較困難，卻有助於適應未來的升學考試。黃哲濱下定決心，要在升上四年級之前努力學習，希望能夠進入小學校，更精進自己的國語能力。

當時，阿湄唸公學校二年級，放學後的課餘時間大多在幫鄰人洗衣、幫傭。阿母為了公平起見，讓阿湄也跟黃哲濱一起去考看看。

小學校的倉石校長是個嚴肅的人，板著一張臉，隔著大書桌問起黃哲濱的家庭狀況、父母職業等，接著拿出一本小學校國語讀本開始提問。黃哲濱因過於緊張，連說話都在發抖，回答得零零落落。

離開校長室走出走廊，他心想完蛋了，想必是考不上了。接著輪到阿湄面試，他看著阿湄小小的身影走進校長室，也在心裡替她擔心。

最後校長請阿舅進去，並公布考試結果。

阿湄考上了，黃哲濱卻沒考上。他被母親家族裡的大人嘲笑了好一陣子。陪著去考試的妹妹考上了，他卻落榜，讓他感到萬分羞愧。儘管沒有成功進入小學校就讀，令黃哲濱十分失落，但他也替阿湄感到開心。阿湄上了小學校之後，總是找哥哥討論問題，兄妹倆一起適應新的課程、相互勉勵，手足關係反而變得更緊密。

他在自習室的書桌前，展開妹妹寄來的信。阿湄在信裡寫著，兩個月前她從小學校畢業了，跟著池田千代小姐一家搬到台北，在池田家當女傭。千代小姐是她在小學校的摯友，待人十分和善，請阿兄放心。

他反覆讀著妹妹的信，心想阿湄眞是可靠又獨立，一個人在外工作，肯定很辛苦。

「阿湄是誰啊？難道是情書。」石頭湊過來低聲問。

「是我的妹妹啦。」

「啊，有妹妹眞好。我也想要一個妹妹。」石頭羨慕地說。

「石頭不是有很多兄弟嗎？」

「那可完全不一樣，兄弟之間互相競爭，一點也不好玩。」

「那回去拜託你阿母生個妹妹給你，如何？」黃哲濱眨眨眼睛說道。

「別開玩笑了，我有六個兄弟，我已經不抱希望了。」石頭故意做出委屈的表情。

黃哲濱很珍惜地把阿湄寄來的十圓放回信封收好，抄下信封上的寄件地址，打算寫封回信給妹妹。蓬萊町，那應該是在大稻埕附近一帶吧。沒想到阿湄也來台北了，哪天兄妹倆會不會在街上遇見呢？黃哲濱暗自想像。

他從抽屜裡拿出空白的信紙與信封，在學寮窗邊啪噠啪噠的雨聲裡，寫了一封信給妹妹。石頭也回到自己的書桌前埋首讀書。自習室裡時間安靜地流過，和雨水匯聚在一起，流成無光的河。

第二章
黑色流星

1

下午兩點，池田太太還在房間裡睡午覺，阿湄和另一名資深女傭芳子，忙著打掃廚房和走廊，整理前院的雜草，疊好前一日晾乾的衣物和足袋。她們兩人分工合作，很快便完成許多家務，接著開始準備烹煮晚餐、燒洗澡水。

芳子熟練地將豬肉切成薄片，下鍋跟胡蘿蔔與馬鈴薯拌炒，加入醬油、砂糖和薑泥，煮成鹹甜適中的口味。阿湄在一旁仔細把牛蒡和菇類洗淨、切絲。

廚房鍋裡的熱氣蒸騰而上，朝她們圍繞而來，接著緩緩飄散在空氣中。

夏天的尾巴仍然炎熱，阿湄握著手巾，擦拭臉頰和頸項冒出的汗水。

這時，千代從學校回來了，阿湄到門口迎接她。千代在靜修女學校唸書，離家很近，每次聽見她拉開門回到家，阿湄就知道已經下午四點了。

千代走進門，探頭到房間找池田太太。

「明天下午讓阿湄來接我好嗎？我想去街上買點東西。會晚點回來。」

「好啊，妳們去吧。」池田太太回答，在報紙後面打了一個哈欠。

接著，千代轉身走向廚房門邊，靜靜看著阿湄和芳子忙著顧火、燉菜。

「餓了吧？晚餐很快就好了。」芳子抬頭對千代說。

「不，不餓。妳們慢慢來，我只是想看妳們做飯。」

「有什麼好看的啊，千代今天眞奇怪。」阿湄笑著說。

「上學一整天沒見到妳，想念妳啊。」千代用親暱的語氣誇張地說。

「是嗎？」阿湄反問，手邊繼續將燉好的牛蒡盛到盤中。

「阿湄，妳明天陪我去買東西吧，我放學會在校門口等妳。」千代說道。

「好的，我知道了。」阿湄說完，走出廚房，把煮好的飯菜端到起居室。

隔天下午，池田太太一身雅緻的深色和服，準備帶著芳子出門去拜訪朋友。

「待會兒我們先去大正堂買菓子，再去找靜枝喝茶吧。」她一面跟芳子說話，一面扶著玄關牆面，踩上木屐。

「好的。」芳子回應，接著交代阿湄記得收院子裡正在曬太陽的被褥。

她們出門以後，屋子裡空蕩蕩的，寂靜到能聽得清楚風聲。

阿湄打理好家務瑣事，把一家人的被褥收進壁櫥裡。外頭的陽光灑進房間，微風輕輕從庭院穿越外廊，吹向室內。她坐下來喝茶，稍作休息，見時間差不多了，便脫下圍裙，穿著一身樸素的灰藍直條紋衫、黑色西式裙，出門走去靜修女學校接千代。

千代結束了西班牙修女指導的鋼琴課，收拾好樂譜放進書包裡，看了一眼隔壁原本屬於光子的空位。

她和光子並不熟，只是每天互道早安和再見的同學。女學校開學才一個月，光子的座位便空了下來，老師說光子結婚了，嫁給一個在大稻埕經商的內地商人，是可喜可賀的美事。結婚畢竟是人生大事，但學業不比結婚重要嗎？她在心裡暗自思考這個問題。

千代緩緩走出校門，和她一樣穿著深藍色海軍領制服、繫紅領巾的女學生們，成群步行在校門附近。她看見阿湄從對街走來，向著自己揮手。

「今天也想去小間物屋逛逛嗎？」阿湄問。

「對啊，想買一把新的梳子。」千代微笑回應道。

她們手挽著手，並肩走在人來人往的街道上。千代興致高昂，在小間物屋逛了許久，不時拿起飾品詢問阿湄意見。阿湄也耐心地給出建議，幫忙挑選適合千代的髮簪。

店員將千代買的髮梳和飾品分別包裝好。

「這是要給妳的。」走出店外，千代拿起一個小巧的木製別針遞給她。

「這是什麼？」阿湄放在手心中端詳，是一個繪著淡綠豆莢的小別針。

「小豆莢。」千代說。

趁天空還亮著，她們愉快地散步回家。路上經過的公園，不知怎麼地擠滿了人，似乎有講演會正在舉行。參加的民眾都穿著西服或台灣衫，大部分是西裝筆挺或穿著學生制服的男子，也有少數幾個身穿大襟衫的時髦女性。

人群中，阿湄聽見一個年輕女子的聲音，正用台灣話發表演說。來台北之後，在池田家工作的生活，鮮少聽見熟悉的台灣話。她忍不住停下來，往人群聚集的方向眺望，想仔細聽聽這場講演會的內容。

「要去公園看看嗎？」千代注意到阿湄的舉動，開口問她。

「好啊。」阿湄點頭。

前方滿滿的群眾阻擋住視線，她看不見辯士的樣貌，只聽旁人說是個叫作黃細娥的女士。黃氏講的是婦女的婚姻與自由，阿湄很專心地聽了一會兒。千代雖然聽不懂台灣話，仍站在一旁陪她。十多分鐘後，有個警官出現要求中止演說及解散。千代和阿湄的眼神交會了片刻，決定離開人群。

「剛剛那位女士在說些什麼呢？」千代好奇地問。

「她講的是女性的自由與婚姻相互矛盾的現象。」阿湄回答。

「是在勸人不要走入婚姻……是嗎？」

「不是的。我想她是在鼓勵女子反抗由父母作媒的婚姻，爲自己的人生作決定。」

阿湄想了想說。

「要怎麼爲自己作決定呢？」千代追問。

「那位女士批評社會對婦女的壓迫，她說女子並不比男子愚劣，卻被困在婚姻裡，成爲舊禮教的奴隸。」阿湄停頓了一會兒，繼續說，「她還說到女子當權的時代就要來臨，越來越多婦女進入社會工作，擁有工作與經濟能力，接著便可以擺脫任人擺布的命運，獲得平等和自由。」

「聽來確實有理，眞是個有勇氣的婦女運動家。」千代回應道。

「千代覺得如何？我們是不是也該找個自己稱心的伴侶結婚才好。」

「我若是結婚，能一輩子雇用妳當女傭嗎？」

「那當然好啊！」阿湄開心地笑，又覺得不對勁，問道，「那我豈不是一輩子不能結婚了？」

「妳已經答應我了！可不能反悔。」千代黠慧的眼睛一亮，眼角笑開來。

2

周和成聽說洪朝宗從上海回到台灣好一陣子了。始政紀念日的事件餘波尚未平息，洪朝宗被判入獄拘留一個月。他出獄那天，一群朋友都來迎接他，還在酒樓餐廳辦了宴席，慶祝他重獲自由。

餐廳裡燈火昏黃，圓桌間隔著適當距離，仍聽得見人們談笑、杯盤碰撞交錯的聲響。窗邊一隅是祝賀洪朝宗出獄，熱鬧歡聚的一桌朋友。除了周和成與王詩琅，其他五人都是事件主角，他們因爲在六月十七日始政紀念日當天，發表講演反對始政紀念日，被判入獄受刑多天。同桌還有一位黃細娥女士，是洪朝宗的妻子。

這群年輕人圍坐在圓桌旁，各個衣著整齊。一身體面的西式套裝，令人難以聯想到犯罪下獄的激進分子。

「開庭那幾日啊，我早早就去法院買門票，入場去旁聽判決過程。你們跟判官的答辯實在精彩，完全不比講演會那天遜色。」周和成語氣中帶著敬意。

「我們可是理直氣壯，做該做的事啊。」洪朝宗附和道。

「是啊。但我也疑惑，朝宗的刑期怎麼比我們都還多上一倍？是因爲你去上海留學，拖了一個月才回來開庭嗎？」潘欽信問。

「或許是吧，也或者因爲我在法庭上又把日本人對台灣人的差別待遇罵了一回。有水裁判長很生氣呢。」洪朝宗回想。

「我看到御用報紙上的報導，說你們是否認日本統治、赤化的文化協會，還帶有什麼非國民的態度。」周和成一邊笑著，一邊起身幫忙將大家的杯子斟滿酒。

桌上的一道道菜餚油亮鮮艷，鳳尾大蝦、炸龍鳳腿、清蒸大蟳、冰糖蓮子，都是十分講究的台灣料理。

「獄裡的伙食不太好吧，聽說白米都摻了許多砂石。」黃細娥挾了盤中的菜到洪朝宗碗中，一邊說道。

「是啊，許久沒吃到這麼豐盛的飯菜了。」洪朝宗微笑回應道。

「我們這次犯的又是什麼《治安警察法》，是吧？若統治者眞心在意民衆對他們的看法，也該檢討自己不公平的作爲。光是抓我們這些發牢騷的小市民處罰拘留，實在毫無意義。」王萬得暫時放下筷子，忍不住批判。

「我很認同你們在演講會所說的。始政紀念日對台灣人來說，本來就是受苦、受鄙視的開始，哪裡是什麼値得慶祝的節日。」王詩琅如此表態。

「日本政府想要台灣人一同慶祝台灣被占據的這天，那更應當重視本島人的尊嚴，改善對台灣人的偏見與控制。不該憑藉法律，蠻橫禁止民衆的結社與言論自由。」潘欽信語重心長，神情肅穆。

「我記得你們還在法庭上跟裁判長爭論法律應該如何運作。但法律的制訂本是帝國控制殖民地的手段，法律一向掌握在支配者手中，是強權的爪牙。我想我們也必須對抗法律本質的不合理。」周和成提出建議。

「就像克魯泡特金說的，對吧？」王詩琅回應他。

「你們說的都沒錯。我們雖然遭受懲罰、入獄服刑，但我認爲並不是一場失敗，我們也爲不公平的民族階級抗爭，努力宣傳理念。這是一次値得紀念的行動。」洪朝宗說完，舉杯向席間友人致意。

洪朝宗夫婦勸大家好好吃飯、喝酒，席間的氣氛也和緩許多。

「趁著今日大家齊聚在一起，我有些個人淺見想抒發，也供大家參考。」一桌人酒足飯飽、精神放鬆之際，黃細娥開口宣布她有話想說。

於是一群人放下酒杯，安靜望向黃細娥。

「我理解你們反對台灣議會設置請願的理念，也贊成運動的方向應該全力抵抗資本主義與帝國主義。但蔣先生與林先生同樣爲台灣人的未來努力，希望改善台灣人的處境。運動中，結盟是重要策略，如同婦女運動也無法孤立於其他社會運動之外，勞工運動、文明的思想與婦女地位的進步，都是相互提攜成長的。」黃細娥語氣溫和地說。

「大嫂說的沒錯。但即使出發點相近，我們和林獻堂先生卻選擇了不同的道路，最終也會通往不同的結局。我仍然認爲路線的差異是必要的，不必爲了團結，違背自己內心的聲音。」潘欽信態度堅定地回應。

「堅持理想固然是好事。但上回在喫茶店的聚會，你們語帶輕蔑地批判文化協會幹部，斥責議會設置請願運動。這只會徒增對立，無助於改變。我的想法是，我們共同的敵人應該是帝國主義和政府，而非採取不同路線努力的同伴。」黃細娥換句話舉例，試著說服眼前這一桌爲社會問題心急的知識分子。

「大嫂有這樣的器量與想法，眞不容易。說來我們可能胸襟太狹小，看見他們上東京爭取設置台灣議會，便認定這是對帝國的投降與朝拜。在掌權者制定的法律下，合法請願與要求自身權利，完全是徒勞一場。我們大可不必浪費脣舌反對他們，應該專注於新的行動，告訴群衆除了請願設置台灣議會之外，還有哪些有效的反抗路線。」周和成想了想，誠懇地說道。

「細娥對我們的運動一片苦心，大概也是希望我們平安，別再被捕入獄了。」洪朝宗笑著，看著同桌友人說。

「謹愼一點總是好的。不是要你們順從守法，而是記得機靈一些，別太招搖。別像我光是發幾張文化協會的傳單，就被第三高女退學了。」黃細娥說道。

「大嫂的經歷確實是很好的借鏡，我們會謹記在心。」王詩琅舉起酒杯向她致意。

一群人在迷茫的酒意中，互相道別，然後解散。周和成扶著醉倒的王詩琅，送他回到德豐號布行門口。

「詩琅你清醒一點，怎麼才沒喝幾杯就不勝酒力。」周和成叫不醒他，只好把他交給正在收拾店舖的店員。

宴席過後兩日，周和成來到德豐號找王詩琅，兩名店員招呼客人、收拾布料，在店內忙得團團轉。他一進門便看見王詩琅眉頭深鎖、苦惱地埋頭在櫃台裡整理帳本。

「詩琅，生意還好嗎？店裡很忙啊。」周和成靠在櫃台前問道。

「啊，嚇我一跳……原來是你啊。天氣要變冷了，布行準備換一批新的花色與料子，好讓客人來訂製冬季衣物，開始忙了呢。」王詩琅抬起頭回答。

「本來想找你去大正公園【註】一趟，看你店裡生意繁忙，還是別打擾你了。」周和成

註：大正公園，位於日治時期的大正町，約是現今的林森北路、長安東路一帶。

笑著說。

「去大正公園做什麼啊？又有講演會嗎？」王詩琅問。

「我和小澤先生約在大正公園，打算討論台灣黑色青年聯盟成立的事。」

「原來如此。可惜我實在無法抽身，幫我問候小澤先生啊。」王詩琅環顧店內狀況，回應道。

「改日再跟你說我們的討論結果吧。」周和成說道。

「好的，你們也要小心警署的監視。記得黃細娥女士說的，低調一些啊。」王詩琅低聲提醒他。

「好，我先告辭了。再見啦。」周和成微笑地向他揮手，離開了德豐號。

3

十月的尾聲，淡水河畔秋風強勁。黃哲濱穿過街邊的紅瓦屋舍，走到水邊眺望，遠遠看得見新落成的台北橋橫跨在河面上，兩旁河岸相望相連。

他的腦中浮現春天結束之前，在總督府博物館參觀七星畫壇成立的展覽會，看過一幅似乎是台北橋的風景油畫。畫裡嶄新的紅色鐵橋佇立在河川上，幾艘小小的帆船與竹筏從橋下穿過，濃烈的色彩讓這座橋彷彿突出畫紙。

黃哲濱小心地走下河畔沙洲，抓住頭上的制帽。拿出速寫簿，選定取景角度，席地坐下。他很專心地以鉛筆構圖，畫出河道和大橋的輪廓。河面上反射出太陽的強光，他瞇起眼睛。

背後的街道上，忽然傳來叫喊聲。他回頭，看見有個穿著台灣衫的少年正揮手跟他打招呼。這時一陣強風吹來，他手上幾張草稿迅速飛走。

那個消瘦的少年趕忙跑下沙洲，沿著河岸快步追著飄散在風中的素描紙。

黃哲濱愣在原地，想說若是飛走了，再畫一張就好，沒想到少年幫他帶回了兩張潦草的、畫著河岸與台北橋的速寫。

「抱歉啊，只撿回這兩張，其他幾張畫飄進河裡了。」對方一臉愧疚。

「太感謝你了！沒關係的，只是隨手練習的紙張。」見少年認真追回素描，黃哲濱反而有些不好意思。

「你在畫那座橋啊？」他看了看黃哲濱的素描，指著台北橋問道。

「是啊，聽說那座橋開通之後，台北到新莊的路程縮短了許多呢。」黃哲濱站在風中回答。

少年點頭，沉默了半晌，接著說：「我在街上的畫館當學徒，經過這裡看你在畫圖，很好奇，想說叫住你。沒想到你一抬頭，畫全都飛了。」

「你也喜歡畫圖嗎？」黃哲濱開心地問道。

「是啊。但我在畫館都學畫佛像、花鳥，不像你們會去寫生，畫西洋的水彩、油畫。」少年摸著後腦杓說道。

「下次可以一起去寫生啊。我叫黃哲濱，是台北師範學校三年級的學生。」他伸出手跟少年握了握。

「眞的嗎？我叫郭清水，我家離這裡很近，就在台北橋北邊的大橋町。要不要去我家喝杯茶？」

「好啊。」黃哲濱笑著回應。路途上，黃哲濱輕鬆地跟郭清水聊起在畫館和學校學畫的各種細節，兩人都爲彼此不同的經歷感到新奇。

他們在郭清水家的圓形大餐桌上，大方攤開自己的習作，相互欣賞與提出建議。郭清水畫的那些線條精緻的典雅花鳥水墨畫，令黃哲濱驚嘆不已。

「這幅山景瀑布是在哪裡啊？山谷氣勢壯麗，樹木延伸的姿態眞美。好想親眼看看這裡的美景。」黃哲濱盯著水墨畫作問道。

「這是想像出來的。沒有這個地方啦！畫館有很多類似的畫卷可以臨摹，也有很多客人會指定要買這種山水畫。」郭清水笑著說。

「原來是這樣啊。」黃哲濱有些驚訝。

十月的最後一週，石川老師參觀完東京帝國美術展回台。台灣的天氣變得涼爽許多，石川老師一進教室，便先說起他對今年帝展的觀察。

「這次我去參加帝展，特別高興，你們一位在東京美術學校讀書的學長陳澄波，今年有一幅《嘉義街外》的油畫入選。陳君下了許多苦工，繪畫技巧大幅精進，風格也有強烈的鄉土氣息，等他明年畢業回到台灣，可以來辦一場個人展覽會。」石川看起來很滿意學生的表現，神采飛揚地分享。

講台上的兩座純白石膏胸像，一座是低頭沉思的側臉，一座則是昂首自信看向遠方的西方臉孔。教室窗外的樹上有鳥兒跳躍、鳴叫，像是在哼著某段旋律。

「看牠們多麼自由自在，別呆坐在這裡，我們出去晃晃吧！去畫旁邊的測候所，或是去新公園寫生素描都好，起身行動吧。」石川望著教室外的綠樹，對學生說。

於是，一群圖畫課的學生，跟著石川老師走上街，來到不遠的新公園。公園裡樹蔭連綿，學生坐在草地上開始寫生。石川則在學生後方架起簡易畫架、畫凳，坐了下來。

「我這趟旅行回來，看到陳君入選帝展的作品，覺得本島也應該有美術展覽會，像帝展那樣每年舉辦一次。你們寫生的作品也有機會入選展覽會，讓大家來參觀，不必大老遠跑去東京。」在一旁看著學生們安靜地構圖，石川這麼說。

「老師，像我這樣也可以參加展覽會嗎？」石頭舉手，調皮地問道。

「你可要多加油啊，跟你的好友黃君多多學習。」石川老師笑著回答。

整個班級的學生被逗得笑成一團。

「我第一次受邀到帝國美術院參觀帝展時，看到會場門口掛著一個寫著『帝國美術院下足場』的巨大看板，深深覺得官僚的作風和美感，真令人無話可說。知道下足場是什麼嗎？」石川老師無奈地說。

學生們一片安靜，面面相覷，沒有人回答石川的問題。

「是入口脫鞋的地方。特地寫這麼大的看板，令人以爲要下跪呢。」石川幽默地解釋。

圖畫課輕鬆愉快的時光很快就過去了。他們收拾東西，準備走回學校繼續下一堂算術課。石頭和黃哲濱並肩走在公園裡，還在聊剛剛寫生時石川老師談到的趣事。

「黃君啊，石川老師上次帶我們來新公園的博物館看美術展覽，你還記得嗎？是一個什麼月還是星的畫會舉辦的。」石頭問道。

「七星畫壇，那七位畫家都是石川老師的門生。」黃哲濱立刻回答。

「原來是七顆星星啊，今天石川老師說入選帝展的陳澄波學長，也是其中一顆星星，對吧？我對他上次展出的畫有印象。」石頭思索了一下，問道。

「是啊。但我以爲是用台北的七星山取的名字，不知道是不是七顆星星的意思。」黃哲濱說道。

「是啦！一定是這樣的，七個人都是天上發亮的星星。」石頭十分篤定地說道，似乎很自豪於自己的見解。

「石頭什麼時候這麼浪漫了啊。」黃哲濱挑起眉毛問道。

「還不走快點，算術課要遲到了。」石頭對他做了個鬼臉。他們加快腳步走進教室。

白日的長度已經縮短許多，在這個金色的黃昏裡，黃哲濱在農業實習的土地上整理雜草，前幾日撒下的蘿蔔種子，已經冒出許多嫩綠新芽。他一邊幫蘿蔔苗澆水，一邊回想今天圖畫課時石川老師對帝展的想法。

能夠入選帝展相當不容易，台灣人更是少數。就像石川老師說的，若是本島能夠每年舉辦自己的美術展覽會，那是最理想的事了。雖然不知道有沒有實現的一天，但今天聽石川老師這麼說時，他的內心還是充滿希望。

若自己一直努力畫下去，不斷進步，像遠在東京美術學校的陳澄波學長般，那麼，無論是東京或本島的美術展覽會，總會有被看見與欣賞的一天。他在心中暗自想像。

他抬頭看見微弱的太陽和小小的月亮同時出現在天際，遠方有星星正在緩緩升起，即使並不明顯，卻在淡藍的天邊隱隱發亮。

4

冷涼的清晨飄著細雨，太陽還未升起，豬圈裡的土地滿是泥濘。農人發現好幾隻病豬倒臥在地，一動也不動，才驚覺事態嚴重，趕緊向附近的派出所通報。

小澤和長崎先生一早就搭火車到七星郡一帶，視察農家的豬瘟狀況。兩人頭上戴著寬大的斗笠，在濕涼的天氣中行走，腳下的黃土道路一片泥濘。

陰雨之中，新砌成不久的豬舍裡，以磚土堆成的圍籬隔成三個區域，六隻病死的豬隻仍和其他豬混在一起。十幾隻出生不久的小豬，不知道母豬已經死了，還窩在媽媽身邊想要喝奶。母豬倒在地上毫無反應，蠅蟲圍繞在豬的身上盤旋、爬行。

「必須趕緊處理病斃的豬屍，立刻移到外頭燒毀。豬舍中發病的和健康的豬也要隔離。」長崎先生檢查了幾隻發熱虛弱的豬後，指示農人移動死去的豬隻。

小澤幫忙將所有小豬抱離母豬身旁，一隻一隻放到另一個圍籬豬圈裡。小豬們的活動力十分旺盛，看來並沒有受感染，暫時不必擔心。

「豬瘟的傳染力非常強，以後若是發現豬隻的情況有異，沒有進食、發熱或腹瀉，可要立刻通報，才能減少你們豬農的損失。前幾年嚴重的牛瘟好不容易得到控制，豬瘟的感染也不能忽視。」長崎先生說道，然後花了點時間繼續診視豬舍裡的二十多隻豬。

這次隨行的還有一位通曉台灣話的內地人警官，幫忙將獸醫的話翻譯給養豬的農人。農人灰頭土臉，非常沮喪。分區隔離好豬舍內的豬隻後，警官陪著他放火焚毀病死豬，避免病毒繼續蔓延，也防止農家將病死豬肉賣到家畜市場。

迷茫的雨已經停歇。小澤和長崎先生完成工作，在戶外看著乾草和木柴覆蓋在病死豬身上，煙霧隨著零星的火焰迅速竄起，升上灰濛濛的天空。

小澤想起他唸中學校時寄宿在長崎先生家的那段時間，有一次長崎先生撿了一隻懷孕的黑狗回家，他和長崎先生的女兒美智子一起爲即將臨盆的狗兒接生。

他記得當時長崎先生托著小狗的身體，輕輕幫忙把小狗拉出來，再請女兒遞上剪刀，剪斷臍帶。小澤拿著布巾將溢出的血水擦拭乾淨，好讓長崎先生看清楚下一隻小狗的位置。

他們看著黑狗舔舐著剛出生的小狗，牠一共生了八隻小狗。小狗的眼睛尚未睜開，成群趴在黑狗的肚腹吸奶。那些小狗各自有不同的花色，虎斑、土黃、深棕色的小小身體。小狗出生的第一週，大部分的時間都在睡覺。

小澤和美智子每天放學後的第一件事，就是到外廊或庭院，看看黑狗和牠的孩子們。看牠們平靜地窩在一塊睡覺，或是看小狗們整齊趴在黑狗身上吸奶。小狗吃飽後好奇地爬來爬去，不久便會沉沉睡去。

美智子會把睡著的小狗們抱回黑狗身旁，讓黑狗也安靜地好好休息。

長崎先生並沒有讓黑狗戴上項圈，也沒有幫牠們取名字。他把黑狗一家當朋友，暫時餵養牠們，讓牠們自由進出家中，而不是擁有牠們。在這裡出生的小狗，把庭院和起居室當成自己的家，但因尚未有足夠的移動能力，遂不曾踏出庭院一步。

黑狗偶爾會在小狗都熟睡時，獨自去外頭散步玩耍。有天，黑狗出門後就再也沒有回來，小澤和美智子四處尋找，但都沒有找到。小狗們長得很快，有些不健康的小狗死去，有幾隻長大的狗兒則是像牠們的母親一樣，出去之後沒再回來。

「牠們大概在外面自由自在地生活吧。」小澤記得美智子是這麼說的。雖然有些失落，但小狗長大了，並不會永遠和母親或牠們的兄弟姊妹在一起。牠們有各自的命運。

結束在七星郡幾處農家豬舍的工作，小澤幫忙整理好獸疫調查表。他們慢慢走回松山驛站，在候車室等火車。

「長崎先生，你還記得有一隻在你家生產的黑狗嗎？」小澤問道。

「當然啊，美智子很喜歡那隻狗呢。你也是吧。」長崎先生看著小澤回答。

「是啊。牠的孩子們也非常漂亮。」

「其實那隻黑狗啊，並不是丟下孩子們離去，而是在夜裡被殺狗人撲殺了。」

「牠被殺死了嗎？」小澤很驚訝地問道。

「那時總督府下令撲殺犬隻，消滅遊蕩的野狗。當時的手段並不文明，會在深夜雇用殺狗人，將路上的狗兒活活打死，或者槍殺。我在深夜聽見狗哀嚎的聲音，驚醒之後想起那幾天撲殺犬隻的公告，趕緊到街上找那隻黑狗，卻看見一隻體型相似的黑狗倒臥在血中，被人用麻布袋裝著帶走了。」長崎先生感嘆地說。

「這樣的撲殺，眞的有利於狂犬病的防治嗎？到現在仍然有撲殺野犬的公告，但近幾年台北似乎都採用毒殺、藥殺的方式。」小澤的神情充滿困惑。

「或許是有效的，但狂犬病的傳播並沒有人們想像的那麼嚴重。人對動物的恐懼被過度放大。總督府的高官曾經在街上遇見吠叫攻擊的野犬，於是把消滅犬隻視爲改善都市的要事。」長崎先生解釋。

「眞令人難過。原來那隻黑狗是因爲這樣才消失的。」小澤低著頭說道。

「我當時也很傷心。擔心美智子和你會像我一樣，所以什麼都沒說。」

火車進站的氣流捲起，煤灰和蒸氣瀰漫，混濁的空氣輕輕流動在候車的旅客之間。小澤和川崎先生搭上火車，回程的路上兩人都沒有說話，時間靜默地流過，黃昏的微光從車窗外流逝。

小澤沒想到，原來知道了這麼久以前發生的事，仍會使他感到哀傷。即使事情都已經過去了，那些狗兒早已離開並消失了。他仍然記得小狗那摸起來柔軟的初生細毛，還有那隻黑狗明亮的眼睛。

他疲憊而落寞地結束了這一天，回到川崎先生家。川崎太太聽見他進門，從起居室走出來，將一個信封遞給他。

「這是你的信，下午有一位先生親自送來的。」川崎太太說道。

「好的，謝謝姊姊。」小澤點頭，收下信封。

他洗好澡，換上一身輕便的浴衣，坐在房間的地板上。川崎家的女傭用托盤把他的晚餐端上樓，送至房間，放在矮茶几上，接著關上拉門離開。他拿起周和成送來的信，拆開信封閱讀。

小澤先生：

上回提到組織台灣黑色青年聯盟的事，我有一些想法希望能與您當面討論。

近來警署對文化協會的活動和講演都變本加厲地限制、監視，我和王君認爲應該以低調的形式祕密發展新的組織。不必太過於急躁，免得引來警方關注。

日曜日下午有空嗎？小澤先生覺得約在哪裡比較恰當呢？

期待您的回信。

阿成

晚餐之後，他伏在小茶几上寫了張簡短的信箋。信上寫著日曜日下午兩點，大正公園，以及收信地址與周和成的姓名。隔天一早出門前他把信交給女傭，請她幫忙送信。

日曜日這天，周和成依照約定，到大正公園和小澤見面，公園裡大多是內地家庭帶著孩子來散步。孩子們在草地上踢球、追逐，撿拾枯黃的落葉與樹枝。秋日的陽光十分溫和，小小的公園洋溢著溫馨放鬆的氛圍。

小澤與周和成站在一棵楓樹下談話，樹上的葉子隨著秋風輕輕飄落。周和成從口袋裡拿出一本小小的筆記簿，裡頭記著他草擬的台灣黑色青年聯盟宣言書，他請小澤讀看看，給予意見。

黑色封面的筆記本中，周和成以端正的字跡寫著：

現在應由萬人共有的土地與產物被強權主義所掠奪，又應該絕對自由的人民被剝奪了自由。權力是少數人違反多數人的意志，用威脅或欺騙的方法強制施行。權力之進化即是法律。權力存在的地方就有支配者與被支配者。權力即是法律，法律等同於支配，國家的體制即是支配的手段。

權力會抹殺人類的自我，使人成爲機械、成爲一個奴隸。即使是共產主義者崇拜的蘇維埃俄羅斯，國家的權力仍然使它成爲一個悲慘的地獄。

法律是由掌權者創造出來的東西，爲了不被人們發覺而榨取更多利益，使人類的自由無法達成。所有的惡、不正義的根源正是權力。因此我們必須全力抵抗強權，以及強權所制定的法律。我們以直接行動作爲獲得人類自由的手段；暴力可行，暗殺、暴行、恐怖行動最好。我們誓言死在黑旗之下。

小澤仔細讀完這段宣言，那些關於自由、反抗強權與支配的思想，是他過去在東京參與無政府主義運動時，極熟悉且常聽聞的觀念。看來周和成的思想脈絡，深受內地的無政府主義刊物影響，很可能也吸收了克魯泡特金和大杉的主張。他在心中暗自猜想。

「我認爲寫得非常好。」小澤看著周和成，堅定地說道。

「小澤先生覺得可再補充或修改什麼，以加強說服力嗎？」周和成問道。

小澤低頭看著手中這本小小的筆記本，沉思了一會兒。

他們在公園裡簡短地討論並調整宣言書的內容。這一帶附近都是內地官員的宿舍和住宅區。在午後的公園裡，他們兩人談論著反對國家和政府的行動、歷史上暗殺或暴力的示威，心中卻感到格外平靜和諧。小澤向周和成說起近來台北豬瘟的狀況，還有那隻黑狗的死。

「小澤先生見過這麼多動物的疾病和死亡，還會害怕死嗎？」周和成問道。

「害怕自己的死嗎？」

「是啊。我聽說過，人死後會變成天上的星星。」周和成隨口提起。

「就算是星星，也有死去的一天吧。」小澤笑著回答。

「說的也是。萬物都有終結的時刻，只是時間早晚而已。」周和成低下頭，看著腳下的草地和落葉。

「小時候，我母親跟我說過一個黑色流星的故事。她說她還是孩子的時候，曾目睹流星墜落，掉在荒野的沙地。她前去仔細看那顆流星的樣子，發現那是一顆黑色小石頭，表面隱約有光澤。落在沙裡的它一點都不起眼，沒有人知道那是一顆流星。」小澤回想起兒時母親經常提起的記憶。

「我看過流星，但沒想到天上的星星會變成一顆地面上的石子。」

「沒有人相信我母親的話，只當作是哄騙小孩的故事。但我相信她。」

「小澤先生的母親是個奇特的人呢。」周和成說道。

「確實是的，可惜她已經不在這個世上了。與其變成每天升起、發光的星星，我倒希望她成爲一顆小小的石頭，在大地的懷抱中安息。」小澤說完，兩人靜靜地在樹下聽著風吹過樹梢的聲音。

那些關於死亡或恐懼的問題，頓時變得明朗。他們知道終點並沒有答案。除了無聲的星星和石子，似乎並不需要其他的話語來解答。

5

十一月的日子裡，天氣涼爽乾燥，池田家迎來了千代十六歲的生日。

這個週末，池田夫婦答應千代，要帶她去聽一場鋼琴演奏會。週末下午，阿湄和芳子幫太太和千代打理好服裝儀容，送她們出門，然後留在家中繼續處理家務。

「我們晚上聽完音樂會就回來了，麻煩妳們看家了。」池田太太挑了餐廳要爲千代慶生，而池田先生則準備了音樂會的入場券，一家三口愉快地出門了。

阿湄回到廚房裡整理碗盤和櫥櫃，芳子則將蔬菜切絲，打算做點簡單料理，作爲兩人的晚餐。難得土曜日傍晚一家人都不在，兩人卸下女傭工作，格外輕鬆自在。

「時間過得眞快。當初我來池田家工作，千代才十歲，一轉眼就變成美麗溫柔的少女了。」芳子在爐火旁說道。

「芳子也是美麗的少女啊。」阿湄在一旁回應。

「我是個成年婦人了，不像妳們正値青春年華。」芳子拿著鍋鏟說。

鍋中水氣沸騰的煙霧撲來，她看不清楚芳子的表情。

千代跟著父母來到一間西洋料理屋。在明亮的餐桌前用餐時，池田先生問起千代在靜修女學校的生活，得知千代很喜歡學校的課程，十分滿意的樣子。

「好好學習，若是對音樂有興趣，以後到東京唸音樂學校也很好。」池田先生開心地鼓勵千代。

「眞的嗎？我會加油的。」千代笑著回應。

「千代今年十六歲了，我想也應該來考慮婚事了。」池田太太忽然提起。

「千代要結婚？還太早了吧，也許等到女學校畢業，二十歲之後再說吧。」池田先生立刻駁回太太的提議。

「婚姻是人生大事，若是可以，早點打聽準備才好。」池田太太繼續說道。

「我知道妳是爲了千代著想，但不必著急，家裡的芳子不正是適婚年紀嗎？不如妳先幫芳子介紹結婚對象，如何？」池田先生問道。

「說來也是，芳子在我們家也工作了六年，她陪著千代長大，是該替她找個好人家。」池田太太認眞地開始思考，在腦中排列出可能適合的對象。

「也要問問芳子的意見啊！可別擅自幫人家安排。」千代看母親充滿興致，開口提醒她。

「好啦，我會問她的。」池田太太笑著說。

「最近公司裡一個年輕職員結婚了，看著他成家，我竟然也有種孩子長大的感受呢。」池田先生感慨地說。

「你的孩子是長大了，沒錯啊，只是還沒有要結婚。」千代對父親說。

「是啊，我可捨不得千代結婚離開我們家。」

「那我就不結婚了，永遠當你們的小孩。」千代調皮地說道。

「那怎麼可以，一個女孩子沒有結婚，會孤老終生的。」池田太太擔心地回應。

他們離開時髦的西洋料理屋，在黃昏的街道上散步去聽音樂會。

這場音樂會有鋼琴獨奏，也有鋼琴、小提琴、大提琴的三重奏。這是千代第一次完整聽完一場音樂會，與平時在學校聽的鋼琴或是聲樂演出全然不同，她為台上演奏者投入的神情、不同樂器相互搭配的效果感到驚喜。

不知道自己未來也能坐在鋼琴前彈出如此完美的旋律嗎？回家的路上，千代想像著每天在學校練琴的自己，有一天也能獨當一面上台演奏。

隔天，池田太太立刻找芳子談，確定芳子並沒有婚約，也沒有父母為她安排婚事。池田太太很熱心地說要幫她打聽合適的結婚對象。

「妳幫我們家工作這麼多年，可不能讓妳繼續耗費青春歲月，我會努力幫妳找個好對象的。」池田太太很開心地說道。

「好的，謝謝太太。」芳子很有禮貌地答應。

看見芳子關上起居室的拉門，準備走回廚房，千代在走廊上輕聲叫住她。

「芳子，若是對相親沒興趣，可以拒絕母親的提議。別勉強自己喔！」

「沒關係的，我也必須考慮結婚的事了。就讓太太幫我安排吧。」

千代聽了，點點頭，看著芳子走進廚房。

池田太太帶著芳子的照片，連續幾天都出門去談相親的事。很快地，就順利找到有意相親的對象，是個經營酒行的老闆竹中，一年前他年輕的妻子因病過世，他一直希望再婚，能有人幫忙照顧店裡的生意。

日曜日早上，竹中先生一身整齊的洋服，依約來到池田家拜訪。池田太太滿臉笑容地迎接他，請他先到起居室稍等，接著轉身在走廊呼喚芳子。

芳子脫下圍裙，整理好衣領，伸手確認耳邊的頭髮已梳理整齊，才走出廚房。阿涓端著泡好的熱茶，跟在芳子身後，一起走進起居室。

「竹中先生，這位就是芳子小姐。」池田太太向他介紹。

「芳子，這位是我跟妳提過的竹中先生。」兩人互相點頭問好。

「芳子在我們家工作了好多年，是個手腳勤快的好女孩。」

「這樣啊，我的酒行正需要一個可靠的幫手。」竹中先生很有禮貌地說道。

「竹中先生眞是的，這可不是在面試員工，你也需要一個賢慧的妻子啊！」池田太太笑著說。

「啊，是的。我的妻子去年冬天生病走了，雖然哀傷，但我的人生還是必須繼續下去。」竹中誠懇地說。

「竹中先生有沒有什麼問題想要問芳子呢？」池田太太問。

「我好奇芳子小姐平常有什麼興趣？」竹中看著芳子問道。

芳子看了池田太太一眼，然後盯著桌上的茶杯說：「洗衣、煮飯或是打掃，我都很擅長。」

「我說的不是妳的工作，而是興趣，像是插花、畫圖，或是彈琴那樣的活動。」竹中愣了幾秒，笑著重新解釋。

「她喜歡看報紙，是吧，芳子？」池田太太看芳子沒反應，搶著幫她回答。

芳子沒說話，只是望著擺在起居室桌上的報紙，輕輕點頭。

「芳子今天太緊張了，她平常很開朗的。話說回來，竹中先生的老家在哪裡呢？」池田太太想幫忙開啓新的話題。

「我的父親是銀座的商人，家業由哥哥繼承，我則是帶著妻子和孩子來到台灣做生意，經營酒行。」竹中回應道。

「眞是不錯，自己開展了新的事業呢。」池田太太稱讚。

「芳子小姐的故鄉在哪裡呢？」竹中問。

「我是在台灣出生的。我的母親年輕時從千葉來到台中工作，我也在台中長大。」芳子回答道。

「是啊，以前我們一家住在台中，那時芳子就在我們家工作了。」池田太太在一旁補充。

「芳子小姐的父母是從事什麼職業呢？」竹中的表情忽然變得嚴肅。

「我的母親是餐廳的女侍，她獨自養育我長大。」芳子注意到對方的態度似乎有所轉變。

「我個人認爲……在台灣成長的女性，缺少內地女性莊重高雅的特質，性格難免輕浮不定。我的孩子也都送回東京受教育，對品格和涵養必定有影響。」竹中的語氣驟然變得傲慢輕蔑。

「竹中先生說的沒錯，但芳子的性情含蓄溫柔，打理家務的能力無人能比。她的出身或許不高，卻是個能幹又順從的女孩，值得好好考慮啊。」池田太太見氣氛不對勁，趕緊打圓場。

「台灣的女性聽說比較強勢，何況芳子小姐的身分不明。我想還是內地女性優雅端莊的情操，比較適合作爲結婚對象。」竹中語帶諷刺地回應。

這場相親以不愉快的對話作結，竹中先生拒絕繼續談話，直接離開了池田家。芳子獨自坐在起居室發愣，卻有一種鬆了口氣的感覺。

送走竹中先生，池田太太懊惱地回到起居室，向芳子道歉。阿湄走進來收拾桌面和茶杯，還端了餅乾給芳子。

「沒關係的，太太很努力幫我說話了。」芳子微笑說道。

「穿得體面有什麼用，還以爲自己多高尚，說話這麼無禮。在台灣長大有什麼不好？芳子，別聽他胡言亂語。」千代坐下來拿了一片餅乾，一邊爲芳子抱不平。

「是啊，眞沒想到會這樣。我以後會多注意的。」池田太太在一旁反省。

「太太……我不急著結婚。我很喜歡女傭這個工作，繼續幫妳工作久一點也很好。」芳子想了一下，開口說道。

「好的。芳子眞好，是竹中先生不懂得欣賞。別放在心上。」池田太太輕輕拍了拍芳子的手背。

第三章

自由的命運

1

王詩琅一直惦記著，阿成說要找他一起油印一份宣言書，作爲台灣黑色青年聯盟成立的理念宣傳。他早早就準備好謄寫用的蠟紙、謄寫版，油墨和滾筒，打算多印一些傳單，發送給對安那其主義有興趣的同伴。

勵學會裡一起讀書討論的好友們，以及幾位年輕的中學生，聽到王詩琅與周和成準備成立黑色青年聯盟，熱烈地支持他們的決定。雖然警署對他們聚會讀書不以爲然，時常藉機威脅訓話，這群朋友卻絲毫沒有動搖，反而更加珍惜每次聚會相見的時光。

王詩琅有時也會感到擔憂，並不像在人前表現的那樣絲毫不害怕。他曾經想過，若是哪天被以莫名的罪名逮捕入獄，牽連這些跟隨他一起讀書的朋友，即使他並不懼怕失去那幾個月或幾年的自由，卻擔心這群好友甚至他們的妻兒受苦。

木曜日（週四）晚上，小澤與周和成相約來到德豐號。晚餐時間過後，客人們大多回家了，店裡終於靜了下來。王詩琅正好結束了帳務整理的工作，帶著小澤和阿成進屋，到二樓一個六疊左右的小書房。

樓下有店員看著，而父親則正好去酒樓談生意不在家。王詩琅交代店員別讓女傭上二樓。他打開窗戶，讓微弱的月光透進書房。接著他點起一盞油燈，溫暖的光線在牆面上暈開，書櫃上滿滿的藏書，頓時也被映照得一片光亮。周和成拿出隨身攜帶的筆記本，翻開寫著宣言書的頁面，就著油燈唸給王詩琅和小澤聽。兩人聽完一致同意，便開始在蠟紙上謄寫。

王詩琅與周和成兩人分工合作，周和成確認好筆記本的字句，讓王詩琅執著細細的鋼針筆，在蠟紙刻上宣言書的內容，接著墊在謄寫版和紙張之間，仔細滾上油墨油印。小澤靠坐在書房角落，看他們動作俐落，印製出一張又一張的宣言傳單；他觀察書櫃上擺著怎樣的書，拾起桌邊一本克魯泡特金的《告青年》，翻閱著。

「如果用《告青年》的內容，油印幾本小冊子，以讀書會的形式和大家討論安那其的理念，你們覺得如何？」小澤靈機一動，提議在台北和中部舉辦讀書會，集結認同無政府主義的黑色青年。

「那當然好啊，我手邊的蠟紙和空白紙張應該還足夠。小澤先生也一起來幫忙吧。」王詩琅手上拿著沾滿油墨的滾筒，回應道。

小澤捲起衣袖，三人圍坐在桌邊，專心地刻畫蠟紙、油印傳單。書房榻榻米的地面，擺滿了剛印好的宣言書和《告青年》小冊。紙上未乾的油墨，在昏黃的燈火下，隱隱照映出黑色光澤。

他們小心翼翼地蜷縮在書房中央，不碰到排列在身旁四周的紙張。彷彿這是一場神聖的儀式，彷彿那些黑色的字句風乾成形以後，會生出一個新的世界。一個沒有支配和權力，沒有國家和法律，人類自由地生存與互助的新世界。

小澤盯著紙上的字句，油墨的氣味充斥在鼻腔內。他忽然感覺整個人放鬆而欣喜，卻說不出無形之中是什麼支撐著他的精神與意志。學生時代以來，他被困於破碎、惡化的家庭關係裡，不斷滋長膨脹的孤獨感經常伴隨在生活中。擁有相同理想的黑色青年，成為他的同伴，無論是在東京或本島，無聲地聚集到他身邊，而他的新世界也悄悄開始運作、成形。

寂靜的夜裡，他們油印好一小疊宣言書、幾本小冊子，像握有一把未知的鑰匙。

「正好這個日曜日，我和台北青年讀書會的成員們，準備進行一場全島講演旅行，會到新竹、嘉義、鳳山等地拜訪朋友，預計花一週的時間在各地講演。」周和成興致高昂地說道。

「這是個好機會，或許能趁著你們這次的演說旅行，號召全島的青年加入我們的黑色青年聯盟。」王詩琅充滿信心地提出自己的想像。

「是啊。雖然是不同的組織活動，但我會找機會向他們說明黑色青年聯盟的主張，我想他們也會有興趣的。小澤先生覺得如何？」周和成望向小澤。

「我贊成在本島群眾的演說活動中，開拓新的發展或結盟……」小澤說完，停頓了一會兒，接著說：「但周君和王君原本提議的方式也很好，不必急於擴大組織成員，最好以祕密途徑尋找值得信任的同伴。」

「我想低調的作風可以避免遭受警署的監視和阻撓。」周和成點頭同意。

「我也希望黑色青年的集結，不是由上而下地對群眾傳達命令或指導。任何人只要認同我們的理念、宣言，都可以自由發起行動。」小澤語氣和緩而堅定。

「我們只是創造，但不去掌控或支配這個組織，對吧？」王詩琅看了看身旁的阿成和小澤。

周和成順勢邀請兩人加入下週台北青年會的全島演說旅行。王詩琅和小澤婉拒了。

兩人各自有忙碌的生活，無論是布莊的生意、獸醫助手的工作，都無法立刻空出一整週的時間，投入這場全島演說旅行。

王詩琅拾起書房地面上油墨已乾的宣言書，一張一張收攏疊起。

「這是一個新生的黑色青年聯盟。我們就拿著這些宣言書，發送給安那其的同伴吧！這些思想，想必可以幫助受壓迫的人們找到出路。」王詩琅將手上的傳單交給周和成與小澤。

他們捧著這些油印著宣言的紙張，開始在腦中計畫應該告訴哪些可信的朋友。小澤第一個想到的是喜歡畫圖的黃哲濱，另外還有在彰化從事文化劇演出的好友吳滄洲。這兩人對無政府主義充滿好奇，也都是能夠信任的熟人，不必擔心遭到檢舉或反對。

小澤離開王詩琅家，走進幽暗的夜裡。他在漆黑的路口與周和成道別，並祝他下週的火車環島演說旅行順利，然後踏著輕鬆的步伐走回川崎家，想著今晚要提筆寫封信給黃哲濱和吳滄洲。在十二月結束之前，要爲這個新生的黑色聯盟做些規劃。

這次他回來台灣，暫時寄宿在姐姐的家中，原本是爲了準備兵役的入營，也回到熟悉的地方探望姊姊一家。因緣際會，跟著長崎先生做起獸醫工作，還跟王君、周君成立了本島的黑色青年聯盟，這些都是他始料未及的事。

他知道十二月結束之後，這些美好都得告一段落，他隨時會被徵召入伍，過上幾年失去自由的軍隊生活。

他看著窗邊細細彎彎的新月，感覺自己的一切都是新的。

但這個新的自己，很快就會消逝。再過不久，他便會在父親家鄉千葉縣靜僻的軍營裡，無奈地消磨服兵役的時光。

2

龐大的黑色蒸氣機關車，拖著好幾節車廂，緩緩駛入驛站。從頭等、二等車的候車室裡走出來的，大多是穿著體面整齊，一身西裝或和服的內地人，衣著的質料和樣式也特別精緻，看得出是身分地位不凡的官員或商人。周和成與王萬得、黃白成枝三人，則是買了普通民眾的三等車廂車票，滿心期待地上車前往新竹，跟新竹的友人會面，開啓這次的講演旅行。

火車慢慢加速，駛離驛站，灰黑的煤灰與煙霧瀰漫在車窗外。蒸氣車筆直地前行，他們一行人望著窗外熟悉的台北景物往後飛逝。

在搖晃的車廂裡，周和成想起幼時父親帶著他，從彰化驛站搭車前往台北。那是他第一次坐火車，離開父親原生的傳統大家族，搬去大稻埕跟陌生的繼母一起生活。他一直記得，那天父親寬厚的大手牽著他，跟他說他長大了，要去台北唸公學校學國語，不必繼續在私塾學漢文了。

他想不起來父親當時的表情，甚至想不起來他的臉孔和樣貌。他太少見到父親了，不曾再像那樣跟他相處那麼長的時間，火車從彰化行駛到台北，是那麼長的時間。北上的夜行列車急速行駛在黑暗中，他抓著父親洋服的衣袖，不敢睡著，睜大眼睛看著外頭搖曳的、移動的星火，反覆確認父親還在身邊。

繼母生下弟弟之後，對周和成的態度便有所轉變，原本溫柔和善的面容消失了，開始變得多疑且暴躁。

父親離開家去了廈門做生意，周和成更加孤立無援，從公學校放學之後，便埋首在書堆中，安靜地讀了許多文學、思想或社會性的書。雖然繼母冰冷刻薄地對待他，他卻能夠理解繼母爲自己的孩子爭取資源和地位的心思。他在父親的支持下繼續升學，唸了中學校，和好友王詩琅組成勵學會，每週聚會交流讀書見解，讓他感覺自己和外面的世界有了許多交集。

現在和他在同一班火車上，並肩而坐的王萬得和黃白成枝，則是他到印刷工場工作以後，在文化協會認識的朋友。戴著一副墨鏡、裝扮時髦的王萬得，原本在郵政局做事，加入文化協會以後，便辭職去做了《台灣民報》的事務員。

周和成通曉漢文和國語的能力、善於與人交際的性格，使他認識許多具有新思想的知識青年。他們對本島人的處境和地位、文化協會的抗爭路線，有許多激烈的意見和不滿。發起這場全島演說旅行，也是爲了團結各地的群衆，面對面地與各種背景的工人、農人討論社會問題。

演說旅行的第一站，他們來到新竹驛站一帶。迎接他們的是一位開朗熱心的公學校教師，也是新成立的文化劇團新光社的成員。

「請問是台北青年會的王君、周君嗎？」陳金城看見三人從驛站走出來，立刻上前問道。

「是的，您是新光社的金城先生吧！很高興見到您。」王萬得拿下帽子，伸手跟對方握手。

「三位旅途辛苦了，我們到附近的食堂用餐，也順道好好聊一聊。」陳金城熱情地幫他們帶路。

驛站外有許多旅社，也有不少人力車車伕正在招攬客人。他們步行經過新竹座，那是一棟方正寬大的木造建築，門口立著許多映画和戲劇的宣傳旗幟。陳金城特地停下來，興奮地告訴他們下週新光社和彰化新劇社，將在這裡聯合公演四天，歡迎他們來看戲。

「眞是太好了，恭喜你們啊。」周和成祝賀道。

「我也非常開心，雖然最近忙著排練，劇團的大家都累壞了。」陳金城笑著說道。

他們聽著陳金城談論近來中部文化劇演出盛況，訝異於文學與戲劇的通俗效果，比起演說或許更能打動人心，獲得認同。陳金城先生帶著他們拜訪了幾位新光社的演員，新生的劇團充滿了純眞活力。一群人聚在一塊喝茶聊天，漫無目的地談著對文化和藝術的看法，一個下午很快就過去了。

周和成一行人在傍晚搭上火車離開新竹，繼續前往嘉義，預計寄宿朋友家一晚。隔天一早到北港，集合中部的文協成員公開發表演說。周和成講的主題是「國家制度與法律的不合理」，王萬得和黃白成枝則分別討論了迷信、資本主義與帝國主義。周和成注意到群眾的反應熱烈，難得沒有警官在一旁監視喝止，於是分發了一些黑色青年傳單、《告青年》小冊子給前排的幾位觀眾。

接下來幾日的戶外演說都十分順利，天氣晴朗微涼，各地都有文協支部的朋友出面幫忙張羅演說場地。雖然不時被臨監的警官喝止中斷，但得到許多陌生卻溫暖的幫助，他們心中充滿感激。

直到旅行的第六天，他們結束在廟埕空地的演說，被群眾熱情簇擁送行至潮州驛站。這次的講演活動，引起當地警方的關注和跟蹤，在驛站將三人逮捕、拘留。

他們被拘留在高雄的警署訊問，在監牢裡過了一夜。隔日，警察命令他們立刻回家，不許再進行任何演說，才釋放他們。他們拖著疲憊的身子，被警察護送至鳳山驛站，並監視他們進入火車車廂。因爲對群衆發表演說，而被警方檢束拘留，對他們來說，早已是家常便飯。

「沒想到高雄州的取締如此嚴苛，簡直跟台北不相上下啊。」王萬得坐在窗邊，苦笑著低聲說道。

「別氣餒，我們這次做了不少成功的演說。雖然在高雄被警察禁止，但這趟旅行可以說是圓滿成功了。」周和成鼓勵身邊的同伴。

「兩位這幾天辛苦了。能和你們一同在各地旅行演說，我非常高興。」黃白成枝的語氣誠懇。

鐵路沿著他們來時的路線回返，黑色的蒸氣機關車穿越廣袤的田野與平原，經過台南和嘉義。火車在彰化驛停車時，周和成提著行李，起身和兩人道別，準備下車，回去彰化老家看看。

「保重啊，我們下次台北見了。」王萬得和黃白成枝送周和成下車，在月台邊向他揮手。

走出木造的彰化驛站，周和成發現家鄉的街景已經改變許多。上回跟著父親和繼母回老家過年，是他唸中學的時候，轉眼間就過了好幾年。他獨自走在黃昏熱鬧的街市，憑著腦中的記憶，在熟悉的路口轉彎，周家的紅磚四合院宅第，遠遠就能一眼認出。外埕高大的龍眼樹枝葉開散，被夕陽照染成一片金黃。

出來應門的堂兄添文有些驚訝，但很高興地迎接他進門，在四合院的內埕高喊著阿成回來了。

「阿成怎麼回來了，今晚要住下來嗎？我待會兒請人把你的房間打掃一下。」二伯母阿春從灶房裡走出來。

「好的。」周和成點頭。

「是啊，怎麼忽然回來？中學校已經畢業了吧，二叔他近來好嗎？」添文問。

「前幾天在南部辦事，想說很久沒見了，順道回來看看你們。阿爸應該在廈門，我也很久沒看到他了。」周和成回應道。

「下次可以先寫信跟我說啊，我去驛站接你。我前兩年還在廈門唸書時，有見過二叔，他似乎是在廈門娶妾，又有了孩子。」添文回想了一下。

「我也聽說了。繼母不同意他在外娶妾，兩人大吵一架就不再聯絡了。」周和成無奈地說。

「阿成在台北辛苦了。隨時想回來儘管回來，有伯母在！」二伯母對他說道。

「伯母，別擔心。家庭雖然不完滿，但我已經長大成人了。」周和成笑著說。

自他有記憶以來，母親就不在身邊。周家是彰化傳統的科舉大家族，親屬關係複雜，但伯叔和他們數不清的一房二房三房、堂兄弟姊妹，反而讓周和成受到許多照顧。小時候他總是跟著堂兄弟喊伯母爲阿母，二伯母阿春也待他如親生兒子；當時父親隻身前往台北做生意，還曾經考慮把周和成過繼給阿春當養子。

直到周和成在大稻埕唸中學校、父親去廈門從商以後，有次繼母才脫口告訴他，他的生母是在生產後精神失常，投井自殺過世的。他聽了並沒有什麼反應，畢竟他對母親完全沒有印象，也能理解大家族的長輩避免跟他談論母親的顧忌。

他打算在彰化老家停留幾天，也重新思考自己的未來。

上個月，他和幾個印刷工場的老員工發起罷工，抗議老闆不願雇用充足的人力，還不斷接下過量的工作，害得他們日夜無休地趕工。年紀較大的印刷工人累得重病倒下，老闆卻只是拿出少少的慰問金搪塞，還要對方退休離職。

周和成爲此感到憤慨，串連好幾位印刷排字工人集體罷工。罷工事件發生後，印刷工場陷入混亂，留下來的員工處境也更加惡化。老闆與罷工工人的談判破局，便開除他們，重新以低價雇用新的人力。周和成說服大家發起罷工，沒想到還是走向了最壞的結局，讓大家失去工作。

雖然失望落寞，但他並不感到怨恨，甘願承擔這場罷工的結果。他知道這一切都是迫於生存的選擇，他們無路可退，而老闆無力也無能回應工人的痛苦。

他沒和堂兄、伯母提起這件事，只說近來要換一份新的工作，在下個工作開始之前，先把握時間休息一陣子。

四合院裡圍繞著蟲鳴聲，晚風陣陣拂來，十二月的空氣乾燥涼爽。

他坐在堂兄的書房內，靠在窗邊的桌上，寫信給小澤和王詩琅，跟他們報平安，並簡單交代這次旅行演說的狀況。

離開熟悉的台北，回到陌生的彰化老家，他竟有一種安然自在的感覺。兒時的親人仍然接納並包容他，即便父親一再將他拋下，原來他還是有個老家可以回來。

3

清早乘車來到長崎先生家，忙碌的一天便開始了。

小澤將長崎先生準備的漢藥磨成細粉，碗中曬乾的灰黃果實是馬錢子，原本是漢醫用來治療瘀傷的外用藥方；若誤食，將危害生命，對人類或動物都有毒性。長崎先生煮了一鍋油香四溢的牛絞肉，輕輕把藥粉撒入煮熟的牛肉中，混合均勻，作爲毒殺野犬的誘餌。他知道狗兒愛吃牛肉，以牛肉作爲誘餌的效果最佳。

小澤和長崎兩人安靜地揉製肉丸，完成大量的毒藥肉餌。這是警務課每年的例行工作，由獸醫警察負責製作並置放毒餌。野外犬隻繁殖的數量驚人，每隔半年、一年，便會看見郊外或街上出現大群遊蕩的野犬。總督府下令定期撲殺野犬，也不是什麼稀奇的事，但這是小澤第一次參與毒殺犬隻。

長崎先生告訴他，下藥撲殺野狗是相對人道、文明的做法。過去警務課雇用殺狗人以槍擊、棒打的方式，野狗流血哀號的慘狀令人同情，現在已經不採用這麼慘忍的手段了。吃下毒藥的狗兒，沒有太多痛苦，很快便抽搐倒地沒了呼吸。爲了防治傳染病、維持都市空間的安全與秩序，負責處理獸疫的獸醫，也必須執行這個工作。

「別擔心，已經在報紙上公告毒殺日期，我想家犬的飼主會保護好自己的狗兒。」長崎先生說道。

小澤點頭，順從地幫忙準備藥粉、牛肉丸毒餌。這個世界，弱者的生存比起強權的利益，還要脆弱許多。這道理是小澤再明白不過的。掌權的人們控制著弱小他者的命運，要逼迫他們消失也是輕而易舉的小事。

他沒有情緒地，和長崎先生步行至野犬出沒的地點，沿路施放毒餌。

螻蟻的命運卑微，卻能夠搬起比自己龐大許多的事物。小澤仍然想要相信，不遠的將來會有一個沒有支配、沒有強權的世界，人類和動物都能不受奴役與控制，真正地相互信任，而那必須靠無數獨立的個人，付諸努力改造世界。

有一天他會用相同的毒藥，毒殺掌權的官員和皇族，讓權力消失，把自由還給眾人和萬物。暗殺是最弱者抵抗強權暴力，最直接有效的手段。他在心中暗自下了決定。世間的惡與不正義，若是服下毒藥便能安然消逝，沒有痛苦地、平靜地終結，他願意付出生命和自由，冒險行動。

這天傍晚，結束獸醫助手的工作，小澤離開了長崎先生家。他沿著今天在淡水、圓山下毒的路徑，找出那些毒餌，撿起仍然在原地的毒餌。一路從黃昏找到夜深，有些牛肉丸毒餌已經消失，有些則是已經忘了放在哪裡。

他抓緊那個集滿毒餌的麻布袋，蹲在高大的草叢中，終於哭了起來。

遠處傳來野狗嚎叫的聲音。黑色的夜空布滿星辰，數不清的光點隱約在閃爍著。星星的軌跡在天頂緩緩移動，小澤低著頭，沒看見美麗的世界籠罩著他。

他只是非常憂傷。蜷曲著身體，對著大地低聲哭泣，發出獸一般的悲鳴。

遠處的天空逐漸發白，深夜已轉爲清晨。天亮以後，小澤獨自回到川崎先生家，回到他寄居的那個六疊房間，沉沉睡去。

不知道睡了多久，醒來時已經是兩天後的一個深夜。夜裡一片漆黑，什麼都看不見。他呆坐在房間裡，直到聽見窗外鳥鳴聲此起彼落，外頭的世界逐漸變得光亮。他從此再也沒去長崎先生那裡幫忙。

日曜日的下午，刺骨的寒風在陰霾的街道上徘徊，黃哲濱披上厚重的大衣，往川崎先生家走去。專賣局樟腦工場排出的廢水，從水溝散發出縷縷蒸氣。他沿著水溝旁的道路行走，感覺熱氣從腳邊撲來。

川崎太太拉開大門，看見是黃哲濱，連忙告訴他川崎先生和永德都不在家，他們這週去內地參加台北高校的修學旅行。

「我知道這件事，今天是來找小澤先生的。」黃哲濱回應道。

「啊，好的。天氣很冷，快進屋吧。」川崎太太帶他來到起居室，接著走上二樓去請弟弟下樓。

「黃君，好久不見了。」小澤一身深色和服，走進起居室坐下來。

「小澤君最近好嗎？上次在信中說有東西想親自交給我？」黃哲濱問道。

「是啊，謝謝你特地來找我。」小澤轉身從起居室書櫃底下拿起一本書，打開書頁抽出當中的紙張。

一張傳單開頭寫著「宣言」，另外還有一本寫著「告青年」的小冊子。

「我和兩位朋友成立了本島的黑色青年聯盟。黃君若有興趣，這份宣言書希望你能夠收下。」小澤慎重地將油印的傳單和小冊子遞給他。

黃哲濱接過來，捧著那張謄寫油印的宣言傳單，仔細閱讀。

「……法律是強權控制和奴役人們的途徑。我從沒想過還有這種事，總督府制定的法律，確實是我們本島人無法參與或決定的規則。」黃哲濱沉默了一會，開口對小澤說。

「是的。不只是本島人，無論本島人還是內地人，在帝國的統治之下，我們的自由和命運並不掌握在自己手中。這是國家體制和強權造成的結果。」小澤的語氣溫柔和緩，卻散發出不可讓步的氣勢。

「你希望推翻當前的國家，回歸衆人共有的理想社會，我十分認同。但暗殺和恐怖行動？這該怎麼執行，這不就是……犯罪嗎？」黃哲濱讀出宣言書的結尾，語帶疑惑。

「以國家的法律準則而言，確實是犯罪。但國家的本質，是掠奪和強權，是少數人對多數人的控制。對於暴力與支配的結果，我們必須激烈反抗，才能夠奪回自由的未來。」小澤態度堅決，並不把政府和法律放在眼裡。

「我知道了。我支持小澤君的想法，若是有什麼我能幫上忙的，儘管跟我說。」黃哲濱說道。

「有件事我不曾對任何人提起，是一個爆破總督府高塔的行動。」小澤停頓了一下，又繼續說：「我曾經在東京和勞工運動的前輩，製作出火藥進行試驗，當時苦惱於無法取得穩定火藥的材料——樟腦。如今我回到台灣，這裡是樟腦的產地，無論是專賣局或私人提煉的樟腦，到處都有。只要增加對總督府建築結構的了解，規劃接近和潛入的時機，就有機會引燃火藥，破壞高塔。」

「在總督府附近寫生，或許能伺機調查到這些事？」黃哲濱抑制住驚訝的情緒，故作冷靜地問道。

「沒錯。黃君上回那些美麗細緻的總督府寫生，啓發我策劃這場行動。我需要你的幫助。」小澤態度誠懇，看著他說道。

「小澤君打算何時行動？想必需要一些時間調查規劃。」

「等我結束兵役回到本島，可能是兩年後的事了。」小澤回應道。

「你要回內地服兵役嗎？什麼時候出發？」黃哲濱問。

「我今年已經二十歲了，明年一月隨時可能被徵召入伍。」

「我知道了，我們可以通信保持聯絡。」黃哲濱拿出筆記簿，撕下一張紙，寫下自己在學寮和台中老家的地址。

在這繁榮的島都，寒冷的街市中，黑色青年的火光，如同一支小小的火柴劃開光亮，小心翼翼地，等待著去點燃更大的火光，好讓島上的人們清楚未來的路。

4

新竹座外，聚集了不少當地觀衆。幾位身穿洋服、頭戴中折帽的紳士站在戲院外談話。兩層樓的木造建築，平常大多放映內地人觀賞的映画，或是上演本島流行的歌仔戲，這幾天難得有新竹和彰化的劇團演出文化劇，吸引許多北部的知識分子前來看戲。

吳滄洲和陳崁兩人特地來到新竹，協助新成立的劇團新光社成員，一步一步讀劇本、登台排練、演出。他們的彰化新劇社已經是全島知名。

大正十五年，陳崁從中國回到台灣，集合往日在家鄉彰化的老友，重新整合分裂解散的劇團。不只在彰化座演出，也到南北各地巡迴演出。通俗的劇情和對白，諷刺社會權勢以及拜金的批判，往往得到民衆的共鳴與喝采。

吳滄洲和張維賢兩人正在舞台上對戲，演的是拋棄妻兒的無情商人，晚年歸家，與憤恨兒子之間的衝突、和解。他們用台灣話演出這部內地作家菊池寬的獨幕短劇。台下的觀眾屏氣凝神，專心欣賞這兩位演員的互動與口白。

吳滄洲對這次的文化劇公演相當滿意，雖然新光社的金城先生一行人是首次登台，對白和肢體動作稍嫌生疏，但是擔任要角的張維賢先生，不愧是經驗豐富的星光演劇研究會台柱，合作起來充滿驚喜。即便是跳脫劇本的即興對白，他也能應對自如，使吳滄洲非常欽佩他熟練的表演功力。

在新竹座四天的公演落幕回到彰化後，吳滄洲仍不時向陳崁提起他和張維賢對戲的愉快經驗。彰化新劇社的同伴們聽了許多次類似的稱讚，簡直可以背出模仿了。

「眞是太崇拜了，不如加入北部的星光演劇研究會，跟著他去新舞台演出？」陳崁用滑稽的語氣表情，調侃身旁話說到一半的吳滄洲。

「別這樣，我才不會拋下你們跑去別人的劇團！我可是嚴正譴責《父歸》裡那個放蕩離家的父親的。」吳滄洲趕緊解釋。

「社會需要革新，我們支持自由戀愛的伴侶，你就去吧！逃離這陳舊腐敗的買賣婚姻……」陳崁故作正經地讀出台詞，說完，自己卻忍不住笑出聲。

「別開玩笑，才不是這樣呢。我之所以崇拜張維賢先生，除了演出的技藝外，或許還因爲思想的不謀而合。我們在社會問題、文化劇上，有著相同的想法，相信人們能經由藝術教化，保有良心與互助的動力，此時便不需要政府和警察的約束與控制。」吳滄洲想了想，試著分析自身的行爲和感受。

「我也相信啊，你可不曾表現出如此欽羨的態度。話說回來啊，我們下回來排演一齣新的劇目吧！我手邊還有些從廈門帶回來的劇作，下週帶來跟你們討論。」陳崁語氣輕鬆地反駁他，看來是不再揪著這件事了。

「好啊。下週我邀請了小澤先生來參加聚會。小澤兒時曾經在彰化生活成長，後來加入東京勞動運動社。我想大概會介紹我們讀一些無政府主義的著作，就當作增廣見聞、一同交流討論吧。」吳滄洲向劇團成員宣布。

陳崁和另外幾位劇團老友微笑頷首，紛紛同意吳滄洲的安排。

正午溫暖的陽光，散落在寒冷的街道上。驛站裡，蒸氣機關車正緩緩停下，旅客們起身走出車廂。小澤在中午時分抵達彰化驛站，時隔多年，他重新踏上自己的出生地。柔和的太陽在頭頂照耀，光線幻化之間，眼前的景象彷彿在霧中。

他看見周和成在驛站外向他揮手，兩人互相問候了幾句。不久，吳滄洲也依約出現在彰化驛站，前來迎接小澤與周和成。

「兩位原本就認識嗎？」小澤注意到周和成主動和吳滄洲握手相認。

「是啊，滄洲在中部和北部的文化劇演出非常活躍，也時常跟我訂購一些內地的無產者運動刊物。」周和成開朗地笑著。

「阿成和小澤先生今天專程從台北過來嗎？」吳滄洲問。

「小澤先生是今天特地前來。我上週結束一場演說旅行，這幾天都待在彰化的老家。」周和成回應道。

「原來阿成老家在彰化，之前都沒聽你說過呢？」吳滄洲有些驚訝。

「也很久沒回來了，上次回來彰化已經是學生時期的事了。」周和成解釋。

「這麼說來，我們三人都跟彰化有深厚的關係呢。」小澤愉悅地說道。

「待會兒會在我們劇團成員家中聚會，是個還算隱密的私人場所，若有什麼意見、想法，不必忌諱，儘管暢所欲言。」吳滄洲的態度豪邁直率。

「那眞是令人期待。」周和成說道。

他們來到一棟氣派的洋樓，拾級走上二樓，寬敞的客廳裡聚集了彰化新劇社的十多位成員。周和成感到歡喜而好奇，原來平時向他訂購《無產者新聞》或《前進》雜誌的知識分子，還有如此家世顯赫的富家子弟。

或許階級之間的界線並沒有那麼難以跨越，衣食無虞的布爾喬亞知識青年，關心的竟是無產者、勞動者被奴役、壓榨的處境？周和成想像著，他與眼前志同道合的夥們，跟隨世界流行的思潮，航行至一個充滿理想和自由的，宛如烏托邦的小島上。

小澤將宣言書、克魯泡特金的著作摘錄，分發給這些從事文化劇運動的劇團成員。他向眾人介紹這些文章的內容，邀請他們以個人行動，創造本島的黑色青年改造社會的契機。

午後燦爛的陽光，從拱形的落地窗照進室內。吳滄洲積極地問起小澤在東京的經歷，以及關東一帶黑色青年組織的狀況。小澤侃侃而談，說話態度不卑不亢，帶著從容優雅的魅力。

「我在廈門曾讀過克魯泡特金、巴枯寧等人的文章，沒想到在東京竟發生這麼多事。大杉榮事件也只是稍有耳聞，如今聽小澤先生詳述，才知竟是如此殘暴的屠殺。」在場看似年紀最長的郭先生，是當地有名望的私塾漢文老師，一身傳統長袍打扮。

另一位年輕的私塾老師楊松茂，則以台灣話和日語夾雜，很努力地向小澤表達他的認同與想法。令小澤深受感動的是，即使是楊君這樣不擅日語的本島青年，對安那其的思想也能夠有所共鳴，跨越語言相互支持。

除了吳滄洲與周和成，另一位熟悉日語的商人莊君，也積極幫小澤和劇團眾人翻譯對話。一群人不時變換語言，討論戲劇演出和社會問題的發展。

「無論是怎麼樣的組織，權力是使人發狂、讓人墮落的源頭，我們應該警覺地行動。」小澤停頓片刻，凝視著眾人專注的眼神，繼續說下去。

「無論法律如何改變，無論人們信仰的主義有如何崇高的理想，只要國家集權的權力存在，惡意與暴力便有機會憑藉著權力壯大。即便是列寧領導的蘇聯共產國家，國家政府的控制也造成了悲慘的飢荒，以及失控的叛亂與鎮壓。」

「黑色青年的集結，必須是全然自由與自發的行動。我們拒絕建立政黨或政府組織奪權，拒絕上對下的命令與服從。我們可以從自身開始，消滅強權的存在。以個人的力量直接行動，而不以權力去指使人們行事。」

「如同在座各位的行動。文學藝術的教化，戲劇演出的功用，能夠形塑善良風俗、批判迷信與惡劣的資本家。我認爲文化與藝術的發展，有助於人類社會走向自律與互助的理想狀態。有幸與各位相談，實在獲益良多，也希望我的淺見能提供給各位參考。」

小澤說完，再次對劇團經由戲劇改造社會的理想表達欽佩。

這次難得的聚會，也使吳滄洲和陳崁更加篤定地認同無政府主義的理念。他們送小澤與周和成到驛站，然後互相道別。在漆黑的夜路中，寒風襲來，吳滄洲卻變得毫無畏懼，在幽暗處邁開腳步前行。

他和陳崁再次思考了彰化新劇社這幾年間的分裂與重生，爭論的無非就是藝術與社會運動的矛盾。純粹的藝術、寫實的社會問題，也許並非兩條相互悖離的道路，兩者之間的交會和扶持，或許反而能夠迸發出新生的力量。

他想要相信，即使在醜惡痛苦的景象中，也能開出復活之花。

5

大正十五年尾聲，新的一年來臨之前，大正天皇駕崩辭世，改元爲昭和。在這一年盡頭只剩短短五天時，變成了昭和元年。

只有五天的昭和元年，阿湄和芳子跟隨在池田太太身旁忙進忙出，在新曆年前勤奮地掃除、採買年節食材。阿湄來到千代家工作已將近半年，在如常地下廚、打掃整理家務的日子中，忽然迎來了新的時代。

「阿湄很久沒回去老家，對吧？要不要回台中過新年？」池田太太捧著茶杯，在起居室對著正在走廊擦地板的阿湄喊著。

「沒關係的，需要人手的話，我可以留下來幫忙。」阿湄停下動作回應。

「有我在啊，我也無家可回，妳就回去看看母親吧。」芳子抬起頭說道。

「是啊，阿湄妳放心回去。沒問題的。」池田太太笑著說。

「好的，我再跟千代說一聲。」阿湄點頭微笑。

隔天早晨，阿湄揹著前一晚收拾好的行李，跟池田太太和芳子在門口說再見。千代從房間快步走出來，已經換上一身外出服，要送阿湄去驛站坐車。

「妳們路上小心。阿湄好好回家放假吧，等千代開學再回來也可以。」池田太太站在門邊，揮手跟她道別。

阿湄和千代並肩走在熱鬧的街道，年末已稍微有了新春氣息。學生和政府職員即將迎來新曆年的假期，人們也趕在元旦商家歇業之前，出門採買食材或日用品。城市裡洋溢著內地新曆年的氛圍，是阿湄之前在中部時鮮少見到的景象。

「千代新年假期打算做什麼呢？」阿湄問道。

「要去神社參拜，還想去圓山動物園看駱駝。」千代笑著回應。

「駱駝？」阿湄一臉疑惑。

「很有趣的動物呢，背上有兩座小山。妳現在也像駱駝一樣。」千代輕輕拍了阿湄背上的包袱。

她們輕聲笑鬧著，忽然一位穿著湖綠色大襟衫，打扮時髦的女子，神情慌張地抓住阿湄的手臂，用台灣話低聲向她求助。

「有人跟蹤妳，是嗎？是誰啊？」阿湄抬頭四處張望，見到書報攤旁有個形跡可疑的男子，拿起報紙卻一直看向這裡。

「我們陪妳去警署報案吧！」千代看女子害怕的模樣，向她提議。

「不……沒有用的，那個人是便衣警察。」女子皺著眉，改用日語回答。

「警察竟敢騷擾婦女？那更應該去檢舉他才是。」阿涓憤慨地說道。

「已經監視我好一陣子了。他們都是台北警署的警察……」她的表情落寞而無助。

「妳犯了什麼法嗎？為何要監視妳？」阿涓問。

「我沒有犯罪，只是參加文化協會，有時公開演說與婦女運動相關的議題。」

「婦女運動嗎？我有聽過這種講演，在戶外的公園……妳是黃細娥女士嗎？」阿涓像是忽然想起什麼，驚訝地問。

「是的，妳聽過我的演說？」女子漸漸恢復鎮靜。

她們一路走到台北驛站，送阿涓買票進月台搭車。千代則是陪著黃細娥步行回家，再自己回到池田家。可疑的便衣警察似乎消失了，沒再鬼鬼祟祟地跟著她們。提倡女性的自由、為婦女的地位說話，竟是一種危險的行動嗎？需要被警察如此監視調查？千代對這個社會運作的規則，越發懷疑。

阿湄回到台中的老家。一路上的商店、農家都還在忙著工作，完全沒有要慶祝新曆元旦的樣子，過著平常的生活。黃哲濱已經放假回到家，正和母親討論著舊曆年曆簿的問題。

阿湄走到桌旁，看見哥哥手上翻著一本寫著大正十六年的年曆。

「是該重新換一本吧，都改爲昭和二年了。」黃哲濱說道。

「沒關係啦！大正昭和都沒有差別，我只要知道舊曆除夕年節、元宵端午中秋是什麼時候就好了。」母親在餐桌旁挑著豆莢頭尾，一邊輕鬆說道。

「商家應該會重新印新的年曆吧，我明天幫妳拿去問看看能不能換。」阿湄坐下來，拿起豆莢幫忙揀菜。

「好啊，不能換也就算了，不必重買啊。」母親撕下豆莢邊緣的纖維，扔在桌上。

新的一年，尚未抵達的大正十六年成了昭和二年。

新曆元旦這天，阿湄和黃哲濱平靜地待在家中，陪伴母親度過平凡的一天。

在假期結束之前，黃哲濱收到小澤寄來的新年賀卡。那是一張台北植物園的風景明信片，翠綠整齊的樹木，倒映在波光粼粼的池中。水面的影像蕩漾曲折，如同幻象。

黃哲濱翻開明信片背後，小澤簡短寫著幾句新年祝福，接著提起他收到了赴軍營報到的通知。小澤提出一個請託，希望在他前往千葉服兵役之前，黃哲濱能幫他畫一幅畫像，記下自己的模樣。

第四章
法布爾的蟲

1

一隻強壯的節腹泥蜂，飛回牠挖掘的地底巢穴附近，抱著一隻體型幾乎比牠大上一倍的象鼻蟲。牠咬住這隻巨大的獵物，將其拖入地底的隧道中，爲即將孵化的幼蟲準備營養的存糧。過了不久，牠回到地面，在蟲穴入口用靈活的前足，忙著將四周的土壤撥入洞口，再用頭部將土壓密填實。牠反覆填土，將入口密封，絲毫不在意一旁有人類正在觀察牠的一舉一動。

法布爾壓低身子，低頭伏地，目不轉睛地看著這隻腰身纖細、張開大顎掘土的狩獵者。等到節腹泥蜂離開巢穴，去獵捕下一隻象鼻蟲。他抓準時機拿出小鏟子，小心地挖開巢穴的洞口，沿著平行的、垂直的隧道開挖，挖至將近半公尺的路徑，終於看見一隻象鼻蟲。他用鑷子輕輕挾起象鼻蟲，蒐集進紙袋中。接著仔細翻土檢查，挾出其餘三隻一動也不動的受害者，而最後一隻象鼻蟲的胸腹處，果然附著了狩獵者產下的蟲卵。

在法布爾辭去教職以後，移居至法國南邊的村莊，專心致志地觀察昆蟲、寫文章謀生。他整日耽溺在蟲的世界中，像是忘記了人類的世界，對蟲的一切充滿好奇。

整個夏季，他日復一日地追尋節腹泥蜂的蹤影，找出牠們的地底巢穴，取出那些遭受毒螫的象鼻蟲做研究。有時他也大膽地、出手搶奪牠帶回蟲穴附近的獵物，拿著一根麥稈或乾草，阻擋這個狩獵者，用不傷及牠的手段偷走象鼻蟲。

遭遇搶劫的狩獵者，迷茫地找尋失去的獵物；牠並沒有發怒攻擊人類，只是離開巢穴，繼續獵捕。法布爾於是持續偷走這隻節腹泥蜂帶回來的獵物，一次又一次，整天待在荒野的空地中，用同樣的方法偷走許多遇害的象鼻蟲。

法布爾耗費無數時間與精神，著迷於昆蟲的世界，耐心地尋覓、埋伏或挖掘，蒐集了近百隻的象鼻蟲。每次成功獲得一隻，就像是在野地的果樹上摘下成熟的果實，或是在偏僻的山林間採集到野菇般，洋溢著滿足及趣味。

他像是上了癮一般，反覆觀察、奪取，如同擁有昆蟲的狩獵本能般，蒐集了近百隻同樣的昆蟲，近百隻被節腹泥蜂獵捕毒殺、失去活動力的象鼻蟲。

他把上週蒐集到的數十隻獵物，從紙袋中取出來觀察，發現紙袋內竟多了一些小小的糞便。這件不尋常的事，讓他格外訝異與好奇。

死去的蟲在炎熱的氣溫中，會隨著時間迅速分解、腐化，但這些象鼻蟲經過一週卻完好如初。人們相信昆蟲解剖學家的解釋，相信獵物是因為節腹泥蜂毒液中防腐的成分，得以長久維持蟲屍新鮮而不腐壞。然而，眼前這些死去的象鼻蟲，不僅光鮮亮麗，甚至像是活著一樣正常排便。

法布爾心中激起了好奇。他找出真正死去的象鼻蟲屍，放入滴有刺激性藥劑的木屑之中，確認玻璃管中的蟲毫無反應，一動也不動。接著將其取出後，再放入從節腹泥蜂那裡劫來的象鼻蟲，幾分鐘之後，他看見牠的觸角、腹節有了動靜，微微顫動了幾下，最後停下來。他驚訝而歡喜地發愣。趕緊重複操作，把幾天之內蒐集到的象鼻蟲，分別放入有藥劑的木屑中實驗。結果幾乎一致，但遇害更久、十多天以上的象鼻蟲，則是沒有反應。

他轉而採取更強烈的刺激方式，以蟲屍和被獵殺的蟲作為對照，以通電的細針輕輕貼在蟲的頸部和腹部。結果只有遭受獵捕的象鼻蟲，產生了劇烈反應，連所有足部都彎曲收縮至腹部。移開電流以後，才伸展恢復為原樣。

法布爾在實驗中發現驚人的真相。原來這些獵物並沒有死，只是被螫傷，麻痺了行動，卻繼續維持生命、維持肉體的新鮮，好讓狩獵者的幼蟲吃到最營養美味的大餐。

這與那些昆蟲學大師的學說或假設截然不同。人類總是以自身的眼光和邏輯，看待其他物種不同的世界。以爲沒有動靜便是死亡；以爲獵捕和吃食，必須先致其死。

他想知道節腹泥蜂是怎麼辦到的？完全不損傷獵物堅硬的外殼，卻能使對方中毒、無法動彈，又延續對方的生命。這是連專業的昆蟲解剖學家，都難以達到的境界。

他想親眼見證，眞正知道牠獵捕的手段。那可能只是短短一秒的瞬間，光是守候在巢穴附近，是見不到的，必須更積極地採取行動。他在野外四處搜尋，鎖定這些正在捕獵的狩獵者。但牠們飛得太快，完全無法跟蹤，法布爾於是放棄這個方法，決定抓一些活的象鼻蟲獻給節腹泥蜂。

事情並不如他想的簡單，他耗費了整天的力氣尋找，在果園、麥田、苗圃和沙石地中，只發現了一隻觸角殘缺、滿身是泥，一點也不新鮮可口的小象鼻蟲。這和從狩獵者巢中偷來的壯碩獵物，簡直差太多了。法布爾持續找了幾天，卻沒有進展，好不容易發現的蟲子，都是些黯淡不健康、有缺陷的傷者。

他於是對善於狩獵的節腹泥蜂更加崇拜了。即使他長年研究昆蟲，卻摸不清象鼻蟲出沒與生活的地點，總是狼狽而無力地失敗受挫，然而這些節腹泥蜂竟能在同一塊土地上，源源不絕地獵捕到上百隻新鮮光亮的蟲子。

昆蟲絕妙的本能使他深受撼動，他知道這是人類無法企及的技能。即使不盡完美，他仍打算用這些有缺陷的象鼻蟲，試著引誘節腹泥蜂狩獵。

法布爾回到一處狩獵者的巢穴等待，直到這隻節腹泥蜂回來，拖著獵物進入地下洞穴。他將一隻殘缺的活象鼻蟲，放在巢穴入口附近。狩獵者終於從巢穴中探出頭來，轉頭看見這隻送上門的獵物。

他屏住呼吸，在適當的距離觀察著，聽得見自己胸口的心跳聲。

節腹泥蜂接近他獻祭的獵物，將臉孔和大顎轉了過來，稍微檢查之後放下了這隻可憐蟲。牠顯然並不滿意，將其棄置於原地，連碰都不想再碰。

人類法布爾看著這一切，鬆懈下來，這是他預料之中的結果。

看著眼前這隻挑剔的狩獵者，他知道普通的方法不可能誘使牠使用毒針。他獨自呆坐在豔陽下，而那隻節腹泥蜂已經離開去尋找下個獵物。法布爾忽然跳起來，飛奔回家，取出一個透明的玻璃瓶，裝進一隻仍然有活力的象鼻蟲。

他帶著玻璃瓶回到狩獵者的巢穴旁守候。等牠再次出現，把新的獵物放入地底中，然後爬出地面，慢慢掘土將巢穴入口覆蓋填實時，他迅速用鑷子挾起這隻正忙碌工作的雌蜂，輕輕將牠放入裝有象鼻蟲的瓶中，接著關上瓶口。

這隻被捕的狩獵者，不斷地四處碰撞玻璃瓶身，慌張地想要逃走，一點也沒注意到瓶底爬行的蟲子。法布爾於是輕輕搖晃著瓶子，想刺激兩隻昆蟲，引起衝突和攻擊。沒想到情況更詭異了，象鼻蟲主動抓住蜂的一隻腳，平時威武精明的狩獵者，死命地掙扎，四處亂竄。

他明白這場實驗失敗了，被困住的節腹泥蜂無心攻擊，只想要飛向天空重獲自由。只好打開瓶口，釋放牠們回到自然之中。

幾次失敗的經驗，並沒有澆熄他對節腹泥蜂的好奇。他理解這種不符合昆蟲本能的實驗路徑是不可行的，決定繼續回返至野外，融入這個狩獵者的生活環境。他持續介入牠們的狩獵，偶爾推倒正在搬運獵物的節腹泥蜂，偷偷搶奪那些已經中毒的象鼻蟲。

看著牠慌亂而瘋狂地四處搜尋失蹤的獵物，法布爾腦中浮現一個想法——若是現在丟給牠一隻殘缺的活象鼻蟲，牠會因混淆而接受嗎？

他立刻著手進行這個實驗，搶走節腹泥蜂捕來、費力搬運的獵物，再立刻給牠一隻活的象鼻蟲。一心想找回獵物的狩獵者，果然有了反應，拖著這隻新的獵物前進。牠立刻發現了這隻獵物的異狀，對方正在不斷掙扎，並沒有失去活動力。

於是牠將獵物翻過來，用腳抵擋住象鼻蟲有力的六肢，固定、撐開這隻蟲，以毒針往胸腹之間、脆弱而微小的關節薄膜刺了兩下。獵物頓時失去掙扎的力量，像是石化一般，一動也不動，任憑狩獵者將其拖入黑暗的地底巢穴。

法布爾目睹這一切的發生，腦中激動、狂喜，彷彿發現了世界美妙的奧祕。他倒臥在乾燥稀疏的草地中，對著乾淨的天空流淚，他感覺胸中滿溢著想要對人訴說的強烈慾望。他希望有人理解，這個孤僻的、整日追著昆蟲觀察的怪人，在這片野地裡獲得了怎樣巨大的快樂。

因爲這次美麗的觀察實驗，法布爾決定爲他和昆蟲交手互動的經驗，寫下一部回憶錄。他想記下他所見的一切，記下那些伏臥在泥地上看著蟲子，樂得傻笑的時刻，還有他和牠對峙時的緊張與失落，以及人類對昆蟲行爲的想像和情感。法布爾的昆蟲回憶。

他並不採用演化論，不爲任何權威學說論證結果，而是相信昆蟲的本能，及其複雜的變化，是另一個精巧的平行世界，一個我們無法想像的世界。人類可以完全無知地生存著，也可以與其產生互動。

比起美妙的昆蟲，他對那些保守而迷信、傲慢且勢利的人類毫無興趣。

大正十一年，大杉榮受到法國無政府主義組織的邀請，祕密抵達歐洲。這次旅行的目的，是爲了參加各地無政府主義者的聚會。而他在法國停留了更長的一段時間，並著手開始翻譯法布爾的昆蟲著作。

通曉各種語言的大杉榮，學生時期讀的正好是法文科。這次他來到法國，如魚得水地穿梭於不同的聚會，認識異國的社會運動家，也觀察巴黎高漲的勞工運動。

叛逆豪邁的性格，使大杉爲各種自由解放的新思想深深著迷。他在日本數次入獄，失去自由，但每次被關進監牢便自學一種新的外國語言。他順應著對不同思潮與智識的熱情，不斷嘗試翻譯各種社會與科學著作，讓這些有趣的西方辯證變換成日語，重新被思考和接受。

他除了與歐洲各地的無政府主義者會面，熟練地切換德語、俄語或義大利語之外，有時也參與街頭遊行，其餘的時間則是待在溫暖的爐火旁，沉靜下來，試著翻譯法布爾

《昆蟲學回憶錄》的第一冊。

這確實是部趣味十足、平易近人的昆蟲著作，比起艱澀的科學論說，大杉更篤定法布爾靈動眞誠的描述，必定能夠打動人心，而這也和他主張藝術與科學大衆化的理想十分接近。

他其實對昆蟲沒有太多了解，現在卻整日翻譯這部昆蟲狂熱者的觀察紀錄。這也許就是喜好科學的克魯泡特金，爲追隨者所引導的道路吧。自年少開始，大杉便憑藉著對安那其主義的好奇，翻譯了《互助論》。克魯泡特金對自然科學的愛好、對社會達爾文主義的抵抗與批判，深深打動他。

爲了深化對《互助論》的理解，他在編輯勞動運動刊物的閒暇之餘，接續翻譯了達爾文知名的《物種起源》一書。他隨著克魯泡特金的知識軌跡，進入他想像不到的境地。他知道這樣的追尋是永無止盡的，讀了達爾文，反而產生了更多疑問，於是也試著了解和達爾文對立的法布爾。

比起深受世人擁戴的達爾文，他私心更喜愛質樸天眞的法布爾。

故鄉的人們若是可以因爲法布爾的回憶錄，激起對自然科學的興趣，他會爲此感到滿足。科學和藝術的階級性應該被解放。美好的知識應該由衆人共享，而非少數人掌握的權力。

翻譯法布爾，是他爲安那其理想精巧的，卻又迂迴笨拙的努力。

整個冬季到春季，不管巴黎的季節推移變換，他埋頭沉浸在法布爾的昆蟲世界中。春日樹梢的新芽忽然就出現了，公園裡綻放著豐美的花朵。

完成了翻譯工作後，他在巴黎迎來了五月的國際勞動節。這個特別的日子，是爲了紀念在美國乾草市場勞動抗爭中，遭到政府處決的無政府主義者。衆人愼重地追憶這場三十五年前的屠殺。大杉來到法國，正是爲了參與這場國際的無政府主義者集會。

勞動節這一日，他面對群衆發表了簡短有力的演說。無論是在日本或國外，他鮮明的領袖魅力都發揮到極致。在場的勞工、無政府主義甚至馬克思主義者，都被激起了強烈反應。他們有著截然不同的臉孔、職業或身世，擁有迴異的思想和認同，而非政府以單一分類所評斷的抗議者或暴力分子。

然而，這次成功的演說，卻讓大杉榮被法國警方發現並逮捕，關入巴黎的監獄中，接著被強制遣返日本。

大正十二年，回到熟悉的東京，他很快地出版了法布爾《昆蟲學回憶錄》第一冊的日語譯本。他拿到印刷完成的書本，忙著分送給勞動運動社的同件，以及許久未見的老友。沒想到平和的日子十分短暫，旋即被突如其來的大地震破壞。

九月一日中午時分，強烈的大地震改變了這座城市祥和的面貌。無數的房屋倒塌、惡火帶走人類脆弱的生命。大杉和情人伊藤幸運逃過一劫，活了下來。他們在震災發生後，還主動幫助安頓流離失所的親友。

以往繁榮整齊的街道已被摧毀，路面裂開形成巨大的縫隙。他無法避開視線，不去看那些重傷、哭泣、橫死在路旁的人們，衝突與惡意正在災難間延燒。互助和鬥爭都是人類與動物的本能，但是只有合作與互持，才可能增加這個物種在災害中的存活機會。

他走在地獄般的景象中，想起克魯泡特金，卻忽然感到迷惘而矛盾。

隔日，政府緊急發布戒嚴令，希望控制混亂失序的社會。地震發生的兩週後，大杉榮和伊藤一起去了鶴見，拜訪他的妹妹一家人。可愛的外甥正是活潑好動的年紀，追著他們撒嬌、玩耍，絲毫不受震災影響。

短暫團聚了一個下午，大杉與伊藤早早告辭，和妹妹一家依依不捨地道別。

小外甥不願分別，哭鬧著要跟他們回家，大杉和伊藤只好牽著小男孩，一同走路回家。下午的天色還亮著，街上的行人越來越少，因爲戒嚴管制，人們必須在天黑前趕緊回家，不敢在外頭多停留。

兩人帶著孩子，終於快到家了。黃昏裡強風將樹葉颳落，遮蔽了眼前的視線，他們在家門外的柏木下，被一群身穿軍服的憲兵盯上。一個帶著圓框眼鏡的憲兵大尉，不懷好意地攔下他們，說必須拘留訊問大杉，連女人和小孩也一起被捕。

他們三人沒能順利回到家，報章新聞刊載了這個重大案件。他們被憲兵殘忍地殺害，並丟棄在古井之中。這起凶殺案不僅引起社會震驚，更在無政府主義者之間激起波瀾。關東地區的無政府主義運動因爲大杉榮的死而陷入低谷。

在葬禮儀式舉行的當天，甚至有右翼分子闖入，強行奪走了大杉的遺骨。

這一切令人難以接受的發展，引發一連串無政府主義者的報復行動。

心中懷恨不平的夥伴們，組成了復仇的斷頭台社，製作炸彈，攻擊當時與憲兵一起下手的共犯軍官。而下令殺害大杉的主謀甘粕，卻因遭判刑入獄，躲過了安那其憤怒的反擊。

2

日曜日下午，黃哲濱帶著畫架與畫具，穿過街上的寒風，來到川崎先生家。小澤前來應門，帶他來到起居室，川崎一家和永德正好都聚在一起喝茶聊天。

川崎和永德開心地招呼他坐下來，並爲他倒了一杯熱茶。他用凍僵的雙手握著小小的茶杯，感覺方才室外竄入體內的寒冷正在一點一點消融。

「黃君，新年快樂。」川崎先生神情愉快地問候。

「新年快樂。上個月我來拜訪，聽說你們去內地參加修學旅行。」

「是啊，今年春天我就要畢業了。」永德回應道。

「恭喜你，修學旅行如何呢？一定很有趣吧！」黃哲濱笑著問。

「川崎老師帶我們去了京都，也在神奈川和東京待了幾天。這是我第一次去東京，果然是個文明的大都市呢。」永德的眼神忽然明亮起來。

「時間過得眞快啊，明日小澤就要出發去千葉，準備入伍，接著永德也要畢業了。

以後我們相聚的機會就更少了，黃君可要好好珍惜這兩位朋友啊。」川崎感嘆地說。

「好的。我今天來拜訪，也打算幫小澤君畫一幅畫像留念。」

「要麻煩黃君了。」小澤頷首。

「原來你們今日要畫小澤君的肖像啊？眞是不錯，那趕緊去準備吧。他明天一早就要去基隆搭船離開了。」川崎先生急忙催促他們。

「好的，小澤君希望以哪裡作爲背景呢？到公園去嗎？」黃哲濱問。

「我想在外頭我可能會不自在，就在我的房間，如何？只要畫人就好，不必在意景物。」小澤想了想，提議說。

「當然好啊，我們走吧。」黃哲濱先向永德和川崎先生道別，跟隨小澤走上二樓，房間內乾淨而空蕩，除了一張小矮桌，幾乎沒有擺放任何物品。

黃哲濱放下畫架，打開畫具箱。他看小澤隨意席地而坐，也跟著面對他坐下來。

「從台灣去千葉很遠吧，要多久的時間呢？」黃哲濱問。

「大約一週的時間，從基隆乘船到神戶要三個晝夜，再從神戶慢慢搭車前往千葉。」小澤沉靜地說。

「希望你旅途一切順利。我先幫你畫幾張速寫，當作草稿。」黃哲濱拿出炭筆，翻開紺色封面的速寫簿。

「好的，請稍等我一下。」小澤從打包好的行李中，翻出一套黑色學生服，迅速換掉身上寬大不合身的和服。

「小澤君要穿著這套冬季學生服畫肖像嗎？」黃哲濱問。

「是的。」小澤緩緩轉過身來，在窗邊坐下。

他在紙上勾勒出臉頰顴骨的角度、淡淡的五官，描出小澤的肩頭和手臂，黑色學生服筆挺的線條。窗外冬日的光線，冷冷地映照在他蒼白的臉龐和頸部。炭筆摩娑紙面，發出細小而規律的聲音。

黃哲濱在速寫簿畫下不同角度、半身與全身的草稿。側臉的、低著頭的、面無表情望著窗邊的，或者迎上目光笑著的面容。他們不發一語，在靜默之中專注地描繪出幾幅肖像。他抹去手邊炭筆暈開的痕跡，遞給坐在面前的小澤。

「你可以選一幅滿意的速描當作草稿，我再複製到畫紙上，用水彩上色。」黃哲濱說道。

小澤靜靜捧著速寫簿端詳，翻頁繼續看著黃哲濱剛完成的素描。

「不。這些就很棒了，不必上色就很完美了。」

「真的嗎？黑白的速寫就好嗎？」

「是啊。我可以選這張嗎？」小澤翻開的那一頁，是他微微低頭背對著窗戶，臉上像在淡淡笑著。

「你可以全部都帶走留念。」黃哲濱說。

「我帶走這一張就好，謝謝你。」小澤溫和卻堅定地說。

黃哲濱離開之前，小澤拿出一本封面畫有昆蟲的書，說是從東京帶回台灣的書籍。不知道下次回台灣會是什麼時候，也不曉得還有沒有機會碰面，所以把這本大杉榮翻譯的《昆蟲學回憶錄》送給黃哲濱，當作是這次幫自己畫肖像畫的謝禮。

「到千葉之後，記得寫信給我。我一定會回信的。」黃哲濱慎重地說。

「好的。」小澤答應他。

隔天清晨醒來，窗外天光未明，小澤環顧這個六疊大的房間。他感覺自己流離於世界，像是一顆飄散於風中的種子，在遠方某棵高聳參天的杉木下，湍流融化的雪水與震盪崩塌的山川，將他推向另一個未知的境地。現在他又要漂流至他方，一個陌生而從未謀面的故鄉，一個他不斷想擺脫的父親的出身地。

「扶桑丸」像一座島，煙囪不斷地冒出黑煙，龐大的船身從基隆港緩緩駛向大海。小澤耗盡了僅有的一點積蓄，買了三等艙的船票，帶著姊姊資助的旅費，乘著這座島，離開他熟悉的本島。

3

拖著虛弱發熱的身體，周和成在寒風中撐住腳步，勉強步行至蔣渭水先生的醫院看病。

原本以為只是小病，一些時間後便能夠康復，他卻感覺病情越發不可控制。從彰化回到台北之後，他整整一週都在昏沉疼痛的高燒中度過。在難纏的病中，他想起才和王君、小澤先生一起成立黑色青年組織，還有許多重要的理想要去實現，可不能就這樣死去。

如果是蔣先生，肯定有辦法治好自己的病。他在心中這麼想。於是用盡力氣提起微弱的精神出門，醫院就在不遠的地方。

見到忙碌的蔣先生，他頓時放鬆下來，強烈的暈眩感襲來，失去了意識。

他昏迷了整個下午，再次甦醒已是傍晚時分。蔣先生和他談過以後，仔細診視他的身體狀況，認爲可能是細菌感染的傷寒病。他服下藥劑似乎感覺好了許多，於是帶著蔣先生開給他的藥方，獨自回家休養。

他在恍惚的病中收到小澤寄來的信。上回和小澤在從彰化回台北的火車上，聽對方說起過必須到千葉服兵役的事，沒想到這麼快，忽然就出發了。他疲倦地讀信，心想也許小澤已經在開往內地的輪船上，踏上國家安排的命運與生活。

小澤在信裡訴說著迷惘的、關於生存的問題。他卻感到無力且脆弱，昏昏沉沉又陷入了夢鄉。

晝夜之間他醒醒睡睡，毫無力氣做任何事。病的威脅絲毫沒有減弱，持續地擴張它的勢力，張牙舞爪，攫住他孱弱的生命。原本年輕力強的少年，幾日之間忽然失去了活力，在病中被擊落倒下，奄奄一息。

他孤獨地在四疊半的房間裡，期望自己能夠熬過這場大病。儘管已經連續幾日忍著飢餓與病痛，不敢求助朋友來照顧自己，深怕會將病菌傳染給身邊友人。他如此擔憂著，卻也害怕自己會不會孤寂地在這個小小的房間中死去。

模糊的意識中，他分不清是夢還是回憶。他腦中浮現父親和後母爭執的聲音；兒時戴著眼鏡從街上踱步走來的王詩琅；在昏暗的印刷工場裡，他專注地撿字排列工作著；印刷工人無奈而疲倦的面容；火車演說之旅，他和王萬得、黃白成枝愉快而自由地穿梭在各地……

他感覺有人用力搖晃他的肩膀和全身；用盡力氣睜開眼睛，他看見王萬得神情慌張，口中似乎在說些什麼。他聽不見，也完全無力開口回應。接著又是強烈的倦意襲來，如同有一股莫名的力量壓制住他所有的意志。

王萬得趕緊從街上招來一輛人力車，和樓下的房東先生合力將失去意識的病人扛下樓，終於順利將周和成送至病院。經過兩日的醫治和照顧，他的病況時好時壞，遲遲未能完全清醒。

王詩琅得知周和成的病情嚴重，前往醫院想探望好友，卻因爲「腸窒扶斯」是十分嚴重的傳染病，而被看護婦給勸退。他和王萬得即使再著急，也無濟於事，只能早晚關切醫生的消息，靜候周和成病況好轉的一天。

沒想到在三日之內，原本就不樂觀的病情急轉直下，併發了更嚴重的肺炎。病危之際，他們幫忙通知周和成彰化的親友到台北會面。王詩琅迅速趕到病院後，還未見到老友，就聽聞噩耗，周和成已經在病中離去。

事發突然，病逝的遺體必須即刻火化處理，避免將傳染病散播給親友。在彰化老家的堂兄添文來到台北，爲周和成辦了簡單的喪禮。

喪禮過後隔日，王詩琅和王萬得兩人一起整理周和成留下的遺物。房間裡的物品已覆上薄薄的灰塵，王詩琅拿起一本又一本的書籍雜誌、疊起的報紙。小小的塵埃飄散在空氣中，被冷冷的陽光映照得發亮。他收拾著這些熟悉的書報，想著周和成若是知道自己的生命將盡，心頭掛念的不曉得會是什麼？冬日殘酷的嚴寒之中，草木凋零，失去蒼翠的顏色。王詩琅知道生命的盡頭不一定是死亡，好友只是從人世間歇息。生命在有或無的辯解之外，仍有在世界引起作用的伏流。如同地底深處靜止不動的蟲，以及穿越混濁的雲層，落入地面的黑色流星。

也許是因爲看過他發亮的軌跡，他們並不特別悲戚或惋惜。病痛畢竟是無可預料的戰爭，若是敗下陣來，就閉上眼睛，好好休息。未來還在遠方，時空也仍然繼續前行。

4

小澤離開本島以後，黃哲濱總覺得有些失落，他收好那些安那其主義的傳單與小冊子，夾在小澤沒有帶走的肖像速寫之間。石頭似乎也注意到他比往常更加沉默，於是故意說些滑稽的玩笑話，想逗他開心。

學寮規律的生活一如往常，他卻忽然做什麼都提不起勁，連最喜歡的寫生也感受不到以往的樂趣，只有在石川老師的圖畫課才感到快樂。

聽石川老師說起他在英國遊歷畫下的風景、田園與河流清新的樣貌，黃哲濱才感覺到自己漸漸重獲能量。果然畫圖還是他最感興趣的事。

石頭提議日曜日一起去草山郊遊，到山上幽靜的地方遠足。黃哲濱立刻就答應了，開始期待著週末的到來，希望能走出寒冷冬末陰鬱的情緒。

博物課教導植物花草和地質時，他也想像著台北近郊的草山，聽說春季會有美麗的桃花和櫻花盛開。他們盯著課本上的花草圖鑑，心思早已飄盪出嚴肅的課堂之外。

出遊的日子很快就來了，他們一早就迫不及待地踏出學寮門口，將牆邊自己的名牌翻至背面。先是到台北驛前等候乘合自動車（公車），經由士林前往草山。自動車載著許多旅客，緩緩前進。黃哲濱既緊張又雀躍，這是他初次搭乘自動車，即使經常在台北街道看見自動車飛馳而過，他仍然對這不必仰賴軌道、穿梭自如的時髦車輛，感到十分好奇。

乘合自動車一路往北前行，過了明治橋，他看見台灣神社在窗外掠過。來到士林街道時，車上有兩位乘客在這裡下車。過了士林不久，進入蜿蜒的山路，車輛逐漸爬坡向上。山上的溫度冷涼許多，他發現山路旁的溪流蒸氣騰騰，硫磺的氣味撲鼻而來。

雖然只是一月下旬，但已能看見沿路粉紅的桃花或櫻花綻放。草山上也有不少溫泉旅館，但他們這趟旅途的目的並不是溫泉，而是到山林小徑散步，走入自然環境。

他們精神飽滿地步行在山間，身體也變得暖和。儘管沒有帶上速寫簿來寫生，不過光是觀賞這些氤氳的山嵐景致，就已令人滿足。看著翠綠的山頭和溪水，黃哲濱感覺自己又有了繪畫的動力。

玩得正開心時，他和石頭遠遠看見有兩個同樣穿著台北師範學校制服的人迎面而來，似乎刻意想避開他們，錯身而過。

「剛剛那兩人是一年級的，對吧？制服制帽那麼新，不像我們的都已經褪色了。」

「是啊，胸口的名字似乎是內地人。」黃哲濱回應。

「一定是看我們是本島人，瞧不起我們吧。低年級對高年級行禮，可是基本的禮儀。我們好不容易熬過一、二年級，現在竟然完全被漠視。」石頭向他抱怨。

「確實令人不太開心啊。」原本快樂的遠足，忽然有了變化。

沒想到下山的路上又遇到那兩人。石頭和黃哲濱筆直地朝他們走去，對方同樣左顧右盼，裝作沒看到一樣地走過去。

「欸，你們兩個。」石頭忍不住開口叫住他們。

那兩人停下來，神色慌張地轉身走回來，不發一語。

「你們是一年級的吧？看到學長爲何不行禮？」石頭問。

「啊，那個……」對方回答不出來。

「因爲我們是本島人，所以不想行禮，是吧？」石頭直接質問他。

「不……不是的。」他們立刻脫下帽子行禮。

「你們走吧。下次給我注意一點，本島人也一樣是你們的學長。」石頭丟下這句話，覺得自己幫本島人出了一口氣。

下山回學校的路上，石頭看起來心情很好。雖然黃哲濱認爲，要求對方向自己行禮，不是什麼値得開心的事，可是對石頭來說，卻是本島人一直以來受到歧視的大問題。衝動但直截了當地解決問題，完全就是石頭一貫的作風。

只是過了幾天，那兩個低年級學生竟找來四年級的內地人，幫他們報仇。

石頭和黃哲濱被叫到學寮後面陰暗的地方談話。雖然察覺事情不妙，但還是老老實實地去了。一走過去，就看見那裡聚集了五位身形高大、凶惡怒視的學長。

「聽說你們上次在草山，對兩個一年級生訓話，逼他們行禮，是嗎？」

「沒有逼他們，只是問他們是不是……」石頭還沒說完，對方就一拳揮向他的腹部。

「你聽清楚了，小學校師範部一年級，用不著跟你們公學校師範部的學生行禮。」

他惡狠狠地瞪著石頭和黃哲濱。

「哪裡有這種規矩。要是按照你的邏輯，你也沒資格教訓我們。」石頭蜷曲著身體，不服輸地說道。

「本島人對內地人的態度這麼傲慢，我教訓你只是剛好而已。」他抓住石頭的衣領，一巴掌用力打在石頭的臉上。

黃哲濱上前推開他，想阻止他繼續動手，卻被旁邊那群人抓起來，一陣拳打腳踢。直到兩人被打得縮在地上無法反抗，他們才停手離去。黃哲濱忍著身上的疼痛，趕緊起身看看石頭的狀況。除了臉上瘀青流血，石頭似乎沒有太嚴重的傷勢；只是即使倒臥在地上，口中仍在咒罵著對方，非常憤恨不平。

經過這次被內地學長修理的事件，他和石頭都有了不同的想法。石頭認爲必須持續反抗這些仗勢欺人的內地人，本島人必須團結起來，讓他們知道本島人不是好惹的。他告訴黃哲濱，這是一場族群的鬥爭，是本島人對抗內地人的搏鬥。

看石頭一頭熱地投入本島人的民族運動，眼中散發認眞的光采，令人無法拒絕或否定他的主張。黃哲濱完全支持石頭的行動，但他也明白，這些差別待遇或欺壓，不單是族群的問題，本島人與內地人不完全只是對立的關係。身爲內地人的川崎先生、安田先生和小澤君，都能夠以平等的態度和他相處。

他認爲那些惡意的對待，是一個人受權力的驅使與控制所造成的結果。他們藉壓迫或否定他人，一步步奪取權力、劃分階級。若要抵抗殖民者的強權，不能只是樹立另一個強權與之競爭，應該拒絕任何上對下的權力關係，才能消解惡意的、不正義的複製。

黃哲濱思考著，不同的年級或族群，難道不能平等而自在地共處嗎？他不禁懷疑，低年級必須向高年級行禮的習慣，不正是彰顯權力存在的規則之一？人們對權力的嚮往無所不在，像是攀附在細小的繩與結之間，織出一張縝密的網，支撐起更大、更不合理的欺瞞與壓迫。

一月柔和的陽光灑落在河畔的茂盛草地上，淡水河映照出灰藍色天空。平緩的河面上，有艘白色帆船迎著風慢慢移動。

這天，黃哲濱和郭清水相約在淡水港，一路沿著河岸，朝不同方向漫步，尋找合適的寫生地點。

「你在畫館學畫，新曆年時有放假嗎？」黃哲濱隨口開啓話題。

「沒有啊，舊曆年除夕才會休息。又不是公學校，不會過內地人的節日啦。」郭清水笑著回答。

「說的也是啊。」他點點頭。

他們在河流過彎之前停下來，在草地上架好畫架，拿出速寫簿構圖。郭清水一邊描繪眼前的河面和綠樹，一邊忍不住以餘光觀察黃哲濱的動作。直到抬頭凝視著河岸對面沉靜的、碧綠與墨綠相疊的觀音山，才終於沉澱心思，不再分心在意旁人的畫作，回到自己的筆下，專心寫生。

午後日頭照耀在起伏的山巒間，河流折射出山與天空的形貌，水面波光不時映照出石綠、孔雀藍或橙黃的光影。他們在岸邊愉快地度過一整個下午，隨著雲影不斷掠過，夕陽也緩緩下沉。

「你畫的觀音山眞是別緻，山間明暗的色彩，全都分明地表現出來了。」黃哲濱湊過來，對著郭清水的寫生練習讚嘆道。

「很久沒有對著眞正的風景寫生了，像是回到公學校的圖畫課呢。」郭清水靦腆地微笑。

他的目光望向黃哲濱完成的水彩寫生，看見淡水河上斑斕的、像是琥珀閃動的光彩，對比著後方淡藍色的觀音山。整幅畫如同被洗過一樣，乾淨澄澈。比起自己塗抹得單調扁平的筆觸，黃哲濱生動的畫技，令他深受感動。但從這樣嚮往與欽羨的情感之中，卻隱隱生出一種悵然若失的感覺。

郭清水藏著那像是被美麗畫作刺傷的感受，熱切如常地跟黃哲濱聊著學校、畫館的近況和趣事。

天色逐漸暗下，他們開始收拾畫具和畫架。郭清水趁著黃哲濱低頭整理顏料時，悄悄藏起對方的速寫簿。他也不明白自己在想什麼，忽然一股強烈的驅力湧現，讓他想要偷走對方的什麼。

5

結束新年的假期，千代回到學校。她在靜修女學校跟著一位西班牙修女老師學習鋼琴，新的學期練起更困難的曲子，算術、地理或裁縫的課程也逐漸進階，這些挑戰反而讓她生出源源不絕的動力。求知的快樂填滿了她忙碌的生活。

午後，阿涓將例行的家務完成到一個段落，卸下身上的圍裙，準備出門陪千代去書店找幾本樂譜。千代拉開家門，外頭的天氣和煦，是適合外出的好日子。她在門邊催促阿涓穿鞋子出發，兩人迎著溫暖的陽光走到街上。

她們在新高堂書店都找到自己想要的書，千代買了兩本封面印著貝多芬、蕭邦肖像的樂譜，阿涓則是選了一本與內地婦女運動相關的雜誌。店員親切細心地替她們結帳，將書籍包入紙袋，並祝她們有愉快的閱讀時光。走出書店，阿涓和千代臉上都洋溢著滿足的笑容。

前方，台灣日日新報社的樓房屋頂，一顆藍色的巨大地球裝飾，在乾淨的藍天下格外顯眼。阿涓看著街上騎著自轉車的學生、撐著洋傘的和服女子，然後在平交道一側的路樹旁，她一眼就認出了熟悉的身影，是黃細娥女士。

她們立刻走上前向黃細娥打招呼，只見她一手抱著嬰孩，一手提著許多蔬菜瓜果、一袋白米，額頭臉頰上冒出豆大的汗珠，十分費力的樣子。

「妳帶著孩子去買菜啊，我幫妳提吧。」阿湄伸手接過她手上的重物，千代也幫忙抱起米袋。

「眞是不好意思啊。」黃細娥空出的左手，環抱著懷中熟睡的嬰兒。

「沒關係的，我們幫妳拿回家吧。」千代熱心地對她說。

「眞是謝謝妳們！啊，請稍等我一下。」黃細娥走進一旁知名的菓子店「勉強堂」，買了一盒煎餅。

「有時間的話，來我家喝茶吃點心吧。」她主動邀請她們。

「好啊。」阿湄和千代互相交換眼神，立刻答應了。

黃細娥的家是一處小小的平房，屋內乾淨整齊，其中一個通風的隔間作爲起居室。她放下懷中的孩子，幫他蓋上被褥，接著把買來的食物提到廚房，燒水泡茶，準備招待客人。

「妳的家人都不在嗎？」千代坐下來問道。

「我丈夫今天去新竹了，忙著出席舉辦文化講演會。」黃細娥爲兩位客人倒茶。

「你們夫婦兩人都擅長演說啊，眞了不起。」阿湄有些驚訝。

「我們是在文化協會的活動認識的，兩人都對社會問題很感興趣。」黃細娥回道。

「後來還有警察跟蹤妳嗎？」千代想起上回緊張的跟蹤事件。

「是啊，自從去年末我開始在講演會擔任辯士，發表演說，就開始不斷地被警署監視。」她無奈地嘆氣。

「妳很勇敢呢，要照顧家庭，還努力鼓勵婦女爭取自己的地位。」阿湄崇拜地說。

「謝謝妳。上次多虧有妳們解救我，十分感謝妳們。」黃細娥誠懇地道謝。

「但照顧家庭並非我一人的責任。我也時常出門演說或參加活動，就由丈夫處理孩子和家務。雙方的理想同樣重要。」她像是想起重要的事，繼續說道。

「這樣眞好，若世間的家庭都能平等對待女性就好了。」千代點頭贊同。

「是啊，我認爲教育也十分重要。有足夠的智識，才能證明女子也有能力在社會立足，而不是依附在舊社會的家庭中。」黃細娥溫和地強調。

阿湄與千代盡情地和黃細娥聊起對婚姻或未來的困惑。黃細娥娓娓道來，說起自己兩年前在台北第三高女，因爲散發文化協會的傳單而被退學的波瀾，以及後來跟丈夫前往上海留學的經歷。

她們兩人聽得入迷，追問著黃細娥多分享些與丈夫的故事，還有在上海的生活見聞，聊得十分熱烈，彷彿眼前開啓了許多新的選擇，對她們熱切地招手。

第五章

金島大逮捕

1

在舊曆新年的最後一日，天色剛開始發白的清晨，街道一片寂靜。突如其來的急促敲門聲和嚴肅的叫喊，開啓了這一天。矇矓的睡夢中，黃細娥聽見有人用力敲門，在門外喊著丈夫和自己的名字。

洪朝宗驚醒過來，穿好外衣，趕忙前去開門。門外是五名警察，沉著臉問他是不是洪朝宗。他點頭回應，對方說要搜查家宅，接著一聲令下，一群人立刻踏入家中翻箱倒櫃。

黃細娥抱著孩子起身，到走廊看見不尋常的景象。他們不曾遇過這種事，連忙問警察是要搜查什麼？這群警察卻毫無反應，自顧自地抽出書櫃裡的書籍與報刊，全部扔在地上檢查，也把衣物全都翻出來，丟得滿室凌亂。

嬰孩被物品散落的聲響嚇得嚎啕大哭，洪朝宗上前接過孩子，輕聲安撫懷中不滿一歲的女兒。黃細娥繃緊神經，盯著眼前作亂的這群警察。小小的臥房、書房和起居室，很快就被搜遍了，只搜到了一些刊物和書籍。

其中一個警察緩緩從衣袋中取出一張拘捕狀，出示在兩人面前。

「走，跟我們到警署去！」他板著一張臉，大聲說道。

洪朝宗輕輕嘆氣，無奈地抱著孩子，轉身跟著警察走。上回他才因爲反對始政紀念日的演說入獄，沒想到這次連同妻兒，不知道又要因爲什麼罪名被捕。他身旁的黃細娥神情嚴肅，站在原地不動，以示抗議。警察不客氣地出手推她，拽著她的手臂，逼她聽話跟著走。她惡狠狠地瞪視回去。

「請你動作輕一些，她有孕在身。」洪朝宗伸手護住被推得踉蹌的妻子。

「快走！」那名警察一臉不悅。

警署裡留置犯人的監牢，在冬日的晨光中顯得特別肅殺。冰冷的鐵門外，坐著幾個看守的巡警。黃細娥一家被關在狹窄的牢房中，對面幾間牢房，則關著一個穿著洋服的年輕人，還有幾個邋遢的中年男子。

這一整天，陸續有十多個嫌犯被捕入獄，輪流被召出來訊問。

他們先是叫出黃細娥，用一條法繩綑綁住她的腰腹和雙手，使勁拉著她出去訊問。

問完姓名和住址之後，詢問官吐出幾個她熟悉的名字，幾乎都是文協與台北青年會的夥伴們，問她認不認識。

「我們犯了什麼罪？」黃細娥反問回去。

「你們加入黑色聯盟組織，對吧！宣傳否認國家的主義，違反了治安維持法。」詢問官冷冷說道。

「我沒有加入什麼黑色聯盟，聽都沒聽過。」她疑惑地回應。

「妳丈夫那幫朋友妳認識吧？周和成、黃白成枝，他們有什麼目的？暗自成立無政府主義的聯盟，是在計畫些什麼，妳有沒有聽說過？」詢問官循循善誘，接著又仔細問起文協改組、講演會和文化劇的事。

「我沒聽說。我不知道你在說什麼。」黃細娥警戒地回答。

「老實說出來，我就放妳跟孩子回去。丈夫犯的罪該由他自己承擔。孩子跟著父母受罪多可憐，身爲母親，也該替孩子著想，妳說是吧？」對方忽然以溫和的語氣勸道。

「胡亂搜查家宅、把百姓關進監牢，這是你們霸道濫權。我們哪裡有什麼罪？」她果斷拒絕，指責正在問話的警察。

「妳不說，是嗎？小心爲自己和孩子招來禍事！」對方像是惱羞成怒，轉而採取威脅的態度。

「我沒什麼好說的。」她掩蓋著心中恐懼，抬頭回應。

問話的警察不放棄，反覆問了整整一個鐘頭，時而柔性勸說，時而大聲威嚇，想要逼迫她認罪，或是說出丈夫反對政府的行動。

「我再給妳最後一次機會，有沒有聽說誰加入黑色聯盟？妳在這裡是嫌疑犯，關上三、五個月也是可能的，可憐孩子還那麼小，就要跟著你們受苦。」詢問官一臉凶狠地警告她。

「你若是有這種惻隱之心，就不該平白無故地抓我們入獄。」黃細娥還沒說完，就被另一個人拉著法繩拖走，關回監牢的鐵門之中。

接著，警察叫出洪朝宗，綁著他帶到訊問室繼續問話。黃細娥從丈夫手中接下嬰孩，她站在牢籠內抱著孩子，望著他們的身影走遠。監牢裡鐵製的小窗反射出刺眼的光亮，她忍著淚水，閉上疲倦的雙眼。

舊曆新春的幾天之內，警方在台北、彰化和全島各地，展開了大規模的家宅搜索與逮捕。

楊松茂結束了一天在私塾的授課，上完課的孩子們乖巧地跟老師道別回家。他趕緊收拾好桌面的書籍和廳堂，回家後立刻準備出門和彰化新劇社的朋友們聚會，滿心期待著和大家討論下次文化劇演出的劇本。

他仔細將眼鏡擦拭乾淨，轉身要踏出家門，卻遇見門外一群陌生的警察攔住他。這些警察強行闖入，搜遍家中各個房間和書櫃，還驚動了家中的長輩。

即使看來什麼也沒搜到，他們仍拿出拘捕令，說要逮捕楊松茂。他被警察拽著手臂，轉頭安撫慌張失措的母親，告訴她自己很快就會回來，不要緊的。他完全不知自己犯了什麼罪，望了一眼書房散落一地的書報和筆墨，只能乖乖跟著警察到警署去。

他從沒來過警署的監牢，既緊張又有些新鮮。警察核對他的身分，確認他身上攜帶的物品，再爲他安排一間還算寬敞的牢房，簡直像是入住旅館一般。

他好奇地四處張望，看見牆上掛著一塊黑板，白色粉筆的筆跡寫著犯人的名單和罪狀。竊盜罪、傷害罪、賭博……他看見楊松茂、吳滄洲等熟悉的名字，上頭則是寫著「治安維持法嫌疑」。

原來是這條惡名昭彰的法律啊，帝國主義的政府要來剷除反對它的知識分子，尤其是文化協會這群年輕人。楊松茂暗自在心中批判。他無奈地坐在牢籠之中，想到彰化新劇社的夥伴，可能也被逮捕至警署，此時此刻同樣被困在牢獄之中，他心中孤寂的感受似乎消散了一點。

被拘留在獄中的前幾日，反覆而漫長的訊問，令他精神焦慮而渙散。他看向木柱的縫隙之間，巡警的身影來回走動，不斷有犯人被召出去問話。微弱的天光一天又一天地晝夜交替，他無法入眠，想著外頭的母親和家人不知如何著急擔憂。

私塾的學生又該怎麼辦呢？學漢文的孩子近來少了許多。殖民政府日益打壓漢文教育，像他這樣不諳日語的漢文教師，也只能咬牙苦撐，想辦法生存下去。

他在獄中失去身體的自由，腦中卻活絡地運轉著。若是因爲劇團的聚會與行動，無端被關個三年五年，這些青年肯定會憤怒地反抗與革命。越是受壓抑的思想，越是暗潮洶湧、累積起反彈的能量。他非常清楚，嚴厲的思想箝制並不能達到掌權者控制人民的目的。

入獄的第十四天，他感覺自己快要失去對時間的感受，每個清晨都像是同一天的開始。除了訊問，無人與自己對話。大部分時間，監牢寂靜無聲，有時會傳來微弱的啜泣聲、哀嘆聲。武裝的巡警嚴厲囂張的喝斥，成了停滯、枯燥的空間裡，唯一有趣的聲響。

楊松茂於是不再數著日子，不再哀悼自己失去的自由。他倚著身後冰冷的牆，觀看著警署的木杜牢籠之外，由巡警和詢問官演出的戲碼。監牢小小的門打開，又輪到他登台演出了。場景和人物跟前幾日幾乎相同，一個本島人警察負責翻譯台灣話，詢問官則是用日語嚴肅地問話。

無論對方問了什麼、如何威脅引誘，他一律否認。不記得、不知道、沒聽過，三種台詞輪流回答。拒絕透漏任何一點小事，眞是無辜卻正直的角色。隨時間過去，他看著警察臉上的表情逐漸產生變化，流露出不耐，或氣急敗壞地大罵。他在心裡嘲諷著國家的權力，不過就是裝出一副莊嚴不可侵犯的樣貌，想要嚇唬人。

最後，他被關回牢裡，淒涼地獨自坐在牆邊。他是更加篤定安那其主義和行動的必要了。殖民政府關得住他的肉身，卻控制不了他的精神和思想。他在寒冷的牢獄之中，終於沉沉睡去。

遠在千葉軍營裡的小澤，在軍隊中被逮捕。這一個月以來的軍營生活，高壓管控的程度和牢獄相去不遠。他絲毫沒有掙扎，像一隻被獵捕、中毒的小蟲，任由狩獵者搬運移動。警察從遙遠的千葉，一路將他遣送回台北調查訊問。

他沒想到這麼快，竟又再次回到本島。只是身陷於獄中，周圍的一切都死氣沉沉。警視總監拿出他和東京近藤先生聯繫的信件、黑色青年聯盟的宣言書，彷彿抓到什麼把柄一般，十分得意的樣子。

小澤神情自若，態度平靜。果然還是被發現了啊，他不以爲意地輕輕嘆息，但並不覺得是什麼嚴重的事。

訊問室的桌前，警察起伏不定的情緒、大聲嚷嚷甚至逼問的行爲，還有過度用力而僵硬的表情，看在小澤眼裡，都像是齣荒誕的鬧劇。

2

在食堂度過晚餐的時間之後，學寮的同學們在自習室安靜地唸書。黃哲濱和石頭已經鬆懈下來，忙完了整日的課程和農業實習，充實的一天已來到尾聲。

春天接近了，寒冷的冬日正悄悄退去。校園裡的櫻花樹已經含苞待放，在黃昏的斜陽裡，樹梢和雲影被夕照染上淡淡澄黃。

這時，學寮外忽然一陣騷動，一群警察正在和舍監談話。有些學生好奇地靠在窗邊，往樓下的方向探頭。接著又聽說是警察要來抓人，又有人說要來搜查學寮。自習室裡大家低聲討論，也有人擔心會因爲加入文化協會而被捕，慌張地想收拾東西逃跑。

舍監藤谷先生帶著六個表情嚴肅的警察進入學寮，先是點名了一輪，叫到黃哲濱與石頭的名字時，停頓了一下。藤谷依照警察的指示，告訴黃哲濱必須配合搜索他們的寢室和自習室。

他和石頭疑惑地對看了一眼。黃哲濱腦中閃過小澤交給他的黑色聯盟宣言書，也想起前兩週和內地學生發生的衝突。還來不及反應，一群警察已經在眼前檢查起他們的書桌和寢室。自習室的藤椅被踢得東倒西歪。

比起石頭一副理直氣壯的態度，黃哲濱手心冒著汗，神情有些緊張，站在走廊不斷地變換雙手擺放的位置，用視線餘光偷看警察如何翻查他的書籍和衣物。看著對方拿起桌上的幾本速寫簿，他聽見自己胸口劇烈跳動的聲音。

不到幾分鐘，幾個警察走出來，同樣板著一張臉，看不出搜查結果如何。

「黃哲濱、許石同，跟我們到警署一趟。」

「我們犯了什麼法嗎？讀了什麼不該讀的書嗎？」石頭忍不住問道。

「你臉上的傷怎麼回事？」警察注意到石頭嘴角和眼窩的瘀血。

「……摔倒受傷的。」石頭心虛地回答。

「跟人打架，是吧？師範學校的學生不好好讀書，專門惹是生非，參加什麼文協赤色的講演會。」對方語帶輕蔑地責備。

「我才沒有惹是生非，本島人爭取自己的權益有什麼不對嗎！」石頭說道。

「許，對警官說話要有禮貌。」舍監藤谷在一旁提醒。

「不用囉嗦了，到警署去！」警察下令要他們走。

「警官請稍等，有什麼問題可以在學校裡問話。兩位學生不懂事，若是被拘留，也得通知在台北的保證人……」藤谷先生這才露出慌張的神情，即使平常和本島學生相處得並不融洽，他還是挺身爲學生說了幾句話。

「只是問話調查，若沒有犯罪情形，明天就會放他們回來。」他向其他警察使了個眼色，幾個人將石頭和黃哲濱圍起來，抓著兩人的臂膀，要帶走他們。

「我自己會走。」石頭甩開警察的手，逕自往前走。

「藤谷先生別擔心，我們會好好配合的。」黃哲濱對舍監說道。

一路上，天色很快就暗了。來到警察署，拘留牢房看來已經滿員，兩人被關在同一間狹窄的監牢之中。

不久之後，他們輪流被叫去訊問室問話。警察問的不外乎是文協改組的消息、小澤君和黑色青年聯盟的關係。

黃哲濱小心翼翼地回應，據實說出他認識的人、聽過的演說。唯獨小澤的事，他不敢透漏風聲，深怕好友因而被判罪入獄。

警察沒有繼續追問，看來並沒有搜出他速寫簿裡的黑色青年宣言書。

訊問完走回監牢，黃哲濱瞥見旁邊的牢房有張熟悉的面孔，似乎是洪朝宗先生。他在文化講堂聽過對方的演說，也聽石頭提過洪先生主張反對始政紀念日的事件。

「我看到洪朝宗先生也在旁邊的監牢裡。」趁著看守的巡警暫時離開，他低聲跟石頭說。

「這樣啊，看來殖民政府盯上文化協會近來主導的年輕成員了。還有什麼黑色聯盟，不曉得是發生了什麼事？」石頭輕輕嘆氣。

「是啊……」黃哲濱有些愧疚，總覺得是自己害得石頭也一起遭受拘役。

「被捕入獄，也是一種難得的體驗。沒什麼啦！」石頭看他落寞的樣子，故作輕鬆地伸展雙手，在小小的牢房中四處走動。

「石頭眞是豁達。不曉得何時才能被放出去，關在這裡像是我們做了什麼壞事一樣。」黃哲濱一手抓著木柱，呆望著牢籠外。

「像圓山動物園裡的猩猩一樣呢。」石頭說完，擺出猩猩走路的姿態。

「安靜，不許交談！」巡警嚴肅地喝斥他們。

他們兩人互看一眼，忍住嘴角的笑意。沒想到莫名被關進監牢裡，石頭還能苦中作樂，黃哲濱打從心底感到佩服。

有石頭在，他憂慮混亂的情緒似乎也平復許多。

他們原本做好了心理準備，被逮捕訊問時也許會受到嚴厲對待。進來警署的頭一天晚上，就聽見有人挨打哭喊的聲音。沒想到警察對他們還算客氣，也不至於逼迫他們認罪。

這一身師範學生的制服果然還是有點用，黃哲濱暗自猜想。經過兩天的拘留與訊問，石頭也開始對牢獄枯燥的日子感到不耐。牢籠的木柱阻擋了大部分的視線，警署裡發生了什麼事，必須以聽覺來判斷。

夜裡傳來嬰兒哭泣的聲音。悲傷的氛圍籠罩在這座留置犯人的獄中，哭聲隱隱環繞在警署各個角落。想必是有人不得已，帶著孩子被捕入獄，黃哲濱和石頭不發一語，任憑嬰孩的哭聲淹沒這間小小的牢房。

第三天早晨，川崎先生就來到警署接他們回學校。石頭在台北的保證人正在內地談生意，也由川崎順道帶他離開警署。

「眞是抱歉啊，小澤君的事情牽連你們受苦了。」川崎一臉擔憂地道歉。

「沒關係的。川崎先生家裡還好嗎？小澤君也被逮捕了？」黃哲濱問道。

「是啊，聽說他在軍營被捕，遣送回本島調查審判。前幾日我家也被警察搜查，幸好只是問些小澤君和家庭的關係、之前去東京的情況，並沒有強行拘役我們。」川崎道。

「原來是這樣……」黃哲濱低著頭，若有所思的樣子。

「川崎先生，今天眞是謝謝您。終於呼吸到自由的空氣，牢獄眞不是人待的地方。」石頭眞誠地說道。

「這兩天委屈你們了。趕緊回學校去吧！」川崎先生拍了拍石頭的肩膀。

直到下午的課程結束，石頭和黃哲濱仍心不在焉、恍恍惚惚。他們回到學寮寢室，發現高年級的室長右腳受了傷，兩位低年級的學弟攙扶著他。

「怎麼了呢？看起來好嚴重啊。」黃哲濱開口問道。

「都是爲了替你們出一口氣，學長跟內地學弟起衝突，被他們推下學寮的樓梯。」旁邊的學弟阿欽幫忙解釋。

「沒事的，一點小傷而已。」大學長揮揮手，沒再多說什麼。

「那群小學校師範部的內地學生，四處亂說你們在外頭做壞事，才被警察抓去。一副貶低人的態度，嘲笑本島人沒水準、不守法……學長他在走廊上跟他們理論，一群人吵架推擠，結果跌下樓摔傷了。」幾個學弟湊上來，每個人說幾句，描述了事發經過。

「他們是誰？竟敢這麼囂張，我去幫你報仇！」石頭一臉認真，像隨時要衝出去。

這兩年來，在學校和學寮裡，內地與本島學生的衝突日益嚴重，不斷循環的爭執與復仇，像是永遠沒有盡頭一樣。除了族群差異，過於擁擠的生活空間，也加劇了學生之間的不睦。

聽到小澤被捕的消息，黃哲濱雖然並不意外，卻感到格外憂愁。他想到好友現在仍在獄中，不曉得受到警察怎樣的對待。即使身心俱疲，他卻整夜輾轉難眠，躺在床上望著寢室窗外的天空逐漸泛白。

3

春末的天氣已經回暖許多，在遼闊的戶外安靜地寫生，讓黃哲濱沉靜下來，專注於畫圖的樂趣中。小澤的事沒有任何新消息，而他則繼續過著規律的學寮生活，時而等待、關注著報紙上有關黑色青年聯盟的消息。

白日的時間緩緩拉長，溫暖的春日是適合出遊、散步的季節。校園裡的草木紛紛轉爲淺綠，襯托著各種姿態各種顏色的春花。

這天在圖畫課的課堂上，石川老師滿心歡喜地宣布，他向總督府提出舉辦台灣美術展覽會的想法，得到不少官員的支持。本島在今年，終於能夠像東京的帝展那樣，籌辦一場盛大的美術展覽。

「這是個令人開心的好消息，我和鹽月老師他們原本就希望舉辦本島的美術展覽會，想不到總督府也十分支持，決定以官方名義出資主辦。在我看來，本島的山川與建築特色，絕對不輸給內地，可以說是日本第一。如何在繪畫中展現自然風光，就要請各位大展身手了……」石川老師一身筆挺西服，站在黑板與講台上的石膏像之間，滔滔不絕地談著他對台展的期待，雙眼發亮地望著台下的學生。

不只是黃哲濱，就連石頭這樣不擅長畫圖的學生，都深受激勵。

「我們可要好好奮發努力，本島就要有自己的美術展覽會了。」石頭愼重地調配顏料，認眞畫著課堂上練習的靜物水彩。

「眞難得看你在圖畫課這麼認眞。」黃哲濱看了也覺得有趣。

「我們放假一起去寫生吧！你一定可以畫出驚人的畫作，我可要好好地監督你啊。」石頭充滿興致地提議。

「監督我嗎？石頭自己才要好好加油吧……」黃哲濱皺著眉，一臉疑惑。

「我已經來不及了啦。我們現在是同一艘船上的夥伴，我把希望都寄託在你身上了。這是個好機會，讓總督府見識見識本島畫家的厲害！」石頭搭著他的肩，比出支持的手勢。

經歷了在警署遭受拘役的事件，他和石頭似乎也建立起更緊密的革命情感。回到學寮後幾天，黃哲濱始終找不到他幫小澤畫肖像畫的那本速寫簿，連同黑色聯盟的宣言書，全都消失得無影無蹤。

他感到有些訝異，原以爲警察沒在自習室搜查到證據，所以放過自己和石頭，沒想到速寫簿有可能已經被發現、落入警察手中，又或者那天在一片淩亂中被人撿走了。

春夏之交的四月，黃哲濱和石頭相約去了台北植物園與淡水河畔寫生。密集而規律的寫生練習，使他明顯感覺到自己的水彩畫技巧正在逐漸進步。這一切的練習和準備，都是爲了能在秋天時交出一幅令人滿意的畫作。一想到自己的作品也有機會入選台展，黃哲濱便充滿了期待，腦中不斷幻想著眼前的寫生被展出的情景。

他們度過許多快樂的寫生旅行，新的學期也迎來了搬遷新校舍的大事。昭和二年，台北師範分爲第一、第二師範學校，將內地人就讀的小學校師範部，和本島人的公學校師範部，劃分成兩個校區。

黃哲濱和石頭都更喜歡新校舍和新宿舍。比起過往校園位在繁榮的市中心，本島學生被遷移到位於郊區田野間的校舍。雖然引起一些學生抱怨，但比起以往在學寮，不時和內地學生發生衝突，他們認爲芳蘭校區實在是清淨多了。

農業實習的菜園與稻田變得更加廣闊，對農事充滿興趣的石頭準備大展身手，種植更多種類的蔬果。黃哲濱在外頭四處寫生，兜了一圈，決定畫下大家在新校舍合力種植的水田，作爲參加台展選拔的作品。

接踵而來的變化與目標，使得黃哲濱逐漸忘卻前些日子被捕入獄的驚惶與陰霾，生活重新邁入新的方向。

時序來到秋日，水稻結出飽滿的稻穗，水田從翠綠轉爲一片金黃。台展的入選名單已經公布，雖然沒能順利入選，但黃哲濱仍然滿心期待展覽會的到來。不曉得石川老師這次會展出如何美麗的風景畫，入選的作品肯定都是無可取代的傑作吧。

十月的最後一個星期五，台灣美術展覽在離台北驛站不遠的樺山小學校迎來開幕的日子。這天正好是台灣神社祭，大家放假一天，不少城市的民衆跟著神輿出巡的路線遊行，街上四處皆是祭典的熱鬧氣氛。

黃哲濱、石頭和一大群熟識的同學，迫不及待來到小學校的展覽會場，附近街道人潮聚集。每個人入場費十錢，他們等了將近一個鐘頭，好不容易才排隊進入展覽會場。每幅畫前都擠滿了人，必須努力抬頭才能在人群的縫隙中看見畫的一角。聽說開展首日，展覽會場擁入上萬參觀人次。

雖無法目睹所有作品的全貌，黃哲濱和石頭仍然非常欣喜，相約改日要再來參觀。

這一週的圖畫課，石川老師也趁著難得的機會，帶學生去台展參觀。這天的人潮不像開幕時那樣誇張，但仍見到不少前來看畫的民眾。黃哲濱這次總算能夠好好欣賞畫作細節，聽石川老師介紹他畫淡水河的油畫〈河畔〉。

紅褐色的帆船停在畫的右側，藍綠交錯的筆觸疊加在河面的波光之上。他望著群山之間繚繞的雲霧，遠處的岸邊還排列著無數小小的屋瓦磚房。

黃哲濱站在石川老師的畫前，深深呼吸。感覺自己就在河岸邊，潮濕的風拂過臉頰，河水流動的聲音隱隱迴盪耳邊。四周的時間，如同凝結靜止在這幅巨大圖畫之中。

他們緩緩移動，接著把目光停留在一幅用色清新淡雅的作品上，這幅畫頗具石川老師傳授的英式水彩風格。

「〈大橋〉……啊，這就是李石樵學長入選的作品。」黃哲濱喃喃自語。

「你認識畫這幅畫的學長啊？」石頭低聲好奇地問。

「是啊，我們曾經一起跟著石川老師去新竹一帶寫生。」黃哲濱忍不住表現出自豪的神情。

「這麼神氣啊！」石頭用眼神上下打量他，又別過頭仔細看這幅以台北橋爲主題的水彩寫生。

西洋畫展覽室裡，還有一幅黃哲濱特別喜歡的畫作，是台北高校鹽月桃甫老師的〈萌芽〉。油畫筆觸下濃烈鮮艷的植物，朝向天空伸展的線條，池邊茂盛的草木叢林，令人感受到新生而充滿力量的自然氣息。

他總覺得在哪裡看過類似的景象，站在畫前努力回想，才發現是小澤君新春寄來的風景明信片，台北植物園的水池。若是能讓小澤也看看這幅畫就太好了，他在心裡暗自想著。

仔細看完西洋畫，他們走進東洋畫展覽室，欣賞了許多花鳥山巒的彩墨畫，還有散發出礦物光澤的膠彩畫。不同的素材與畫技，簡直是另一個截然不同的國度。

黃哲濱注意到石頭似乎特別喜愛其中一幅水牛的水墨寫生。石頭在畫前駐足許久，整場展覽看完還特地回去看那幅畫。他跟在石頭身旁，抬頭一起端詳畫中母牛的口鼻抵著小牛的頭頂，質樸寫實的筆法，刻畫了動物溫暖的互動。

「這幅畫眞好，我想起家裡養的耕牛，也是一頭小牛黏在大牛身邊。」石頭眼中充滿懷念地說道。

「原來石頭對水牛有這樣的情感，怎麼說呢……真符合你的個性啊。」黃哲濱想了一下，回應道。

「是嗎？像牛一樣刻苦耐勞，還是……老實敦厚。」石頭看著他笑了。

台灣美術展覽會十天展期的最後一天，黃哲濱和石頭去看了第三次。這些畫作無論看幾次，仍然不斷讓人迸發出新的發現和感受。他們沉醉在形態各異的作品之中，每次都像是新的體驗。

迷人的美術盛會正式結束了。這天晚上，他終於在報紙上讀到小澤的消息。這篇報導簡短交代了黑色聯盟案豫審（預審）結果，提到官方決定正式起訴小澤等四人。

黃哲濱反覆讀著那塊小小的新聞版面，彷彿把這張單薄的報紙讀穿讀透，就能知道小澤身處在怎樣的困境中。

在新校舍的學寮生活將近半年了，時間稍縱即逝，繁忙的課堂與農業實習之間，黃哲濱和石頭又度過了一個學期，邁向最後的五年級。

昭和三年新曆一月，他們在《台灣民報》看到一整頁有關黑色青年聯盟事件的詳細報導。報紙上寫著全島大檢舉的經過，讀著那些搜查名單，去年兩人被逮捕拘留在獄中的記憶，忽然又清楚地浮現。

他們發現報導的最末，寫著小澤等人公判開庭的時間和地點。

「我們那天去旁聽吧。」黃哲濱提議。

無論如何，他想再見小澤一面。不管好友犯了什麼法、背負怎樣艱難的命運，或者這註定是失敗的革命。

他想要站在高塔前面，看著小澤與它對抗的模樣。

4

監牢裡寒冷的濕氣逐漸散去，外頭天氣逐漸回暖。黃細娥被拘留在獄中已經過了一個多月。

即使在封閉而幽暗的室內，被遮蔽的感官，仍能察覺季節正在變換。

清晨她睜開眼睛，掀開厚重的棉被，感覺背後隱隱冒汗。她彎腰順了順女兒濃密的頭髮，發現這孩子竟然滿頭大汗。看來是穿得太多了。

幸好她在婦女部的夥伴們不時會送來乾淨的衣物和被褥，讓他們夫婦和孩子不至於在牢獄中受凍，免去許多不便。獄中困頓難熬的時光，隨著兩人照料嬰孩的瑣事，似乎不知不覺便過了一天又一天。

她幫孩子換上輕薄的衣物。天氣不那麼冷了，孩子也充滿活力，在牢獄中爬行，在地面四處探索，對外面走動、搖晃的人影非常好奇。

一天，他們看見孩子抓著監牢的木柱，獨自站了起來。她上前握著女兒小小的手掌，帶女兒緩緩走了三、四步，孩子才停下來回到地上爬行。她和丈夫終於笑開來，開心地稱讚孩子，忽然就忘了此時此刻依然身在牢中。

昭和二年，在三月結束之前，黃細娥和孩子先被釋放，警署留下洪朝宗繼續拘留調查。

她出獄那天，抱著孩子走出警署。沒想到一群文協婦女部的成員，還有幾位靜修女中的本島人學生，特地前來迎接她。她們情緒激昂，說起在報紙看見黃細娥一家入獄的消息，四處奔走打聽、寫信到警署抗議，終於等到她平安出獄。

她在友人家中飽餐一頓，離開監牢終於能吃到豐盛的一桌菜，只可惜丈夫仍在獄中受苦。接著她聽從眾人的安排，到大安醫院休養兩天，也檢查腹中的胎兒。

她的身形清瘦，經歷了一個月在獄中的磨難，又顯得憔悴許多。

「身體還算健康，只是過度勞累、缺乏營養。妊娠初期還不穩定，必須注意營養、睡眠要充足，避免勞動。」蔣先生仔細檢查之後提醒她。

但她明白，除了顧好自己和懷中的乳兒，她已無暇顧及腹中的胎兒。

隔天回到家，她立刻努力打掃家中，撿起散落滿地的物品和書籍。總算把警察搜查時弄得凌亂不堪的屋子恢復整潔。她接著燒水幫孩子洗熱水澡，也把自己虛弱疲倦的身子好好沐浴洗淨。

屋外午後的陽光從窗子灑落進房間。孩子閉上眼睛睡著了，她拿出被褥，在一旁跟著陷入酣眠。睡夢裡，她夢見自己獨自泡在山間溫泉中。溫熱的水氣蒸騰，似乎有硫磺的氣味。她隨著溫暖的泉水緩緩放鬆，在夢裡睡著了。

她睡得很沉。再次醒來時，感覺被褥裡一陣濕涼，她直覺可能是孩子尿床了，趕緊坐起身，掀開棉被。孩子並沒有尿床。她看見自己身下一片鮮紅，像平時的月經一樣。

黃細娥卻鬆了一口氣。她並不恐懼或疼痛，只是平靜地接受。

黃昏前她洗好了染紅的被褥，晾起來。以前總聽人說流產是駭人又傷身的，她卻不這麼想，反而覺得身體變得輕盈。

新的生命自由地來去。她的身體放開了什麼，恢復到原本的狀態。

過了幾日，她再次回到醫院檢查。醫生確認她腹中已無胎兒，交代她要好好休養，保重身體。她點頭應答，並沒有陷入失落或憂傷，只慶幸自己的精神身體沒有承受太多折磨。

回到家中忙著打理家務、孩子的生活吃食，如常過日子。她寫信跟獄中的丈夫聯繫，簡單交代家中近況。她沒有多想，很快就把這無法改變的結果拋在腦後。

經過一段時間的沉寂，夏日來臨時，她重返文化講座擔任辯士，發表演說。她看著台下婦女部的夥伴幫她抱著好動的孩子，而孩子擺動著雙腿。

她出獄以來，孩子成長得特別快，也會走路了，但丈夫仍被拘禁在獄中，還沒見過女兒走路的樣子。

這次除了婦女的自由，她也說起自己入獄的遭遇，爲丈夫莫名的牢獄之災大力批判警察的濫權。參與的聽衆反應熱烈，投以憤慨或同情的支持，臨監的巡警似乎不諳台灣話，但察覺氣氛有異，立刻下令中止講演會。

雖然只講了十五分鐘，但黃細娥認爲自己已盡了最大努力，或許也足夠引起群衆對當今社會現狀的理解和反思。她心滿意足，抱著孩子走回家，週末下午的街市十分熱鬧，許多家庭牽著孩子出門散步或購物。

黃細娥在家門口發現地上擺著一些蔬菜、白米和幾條鹹魚。她立刻回頭走出來四處張望，遠遠看見兩個女子的背影轉彎走出巷子。她抱著孩子追上前，想知道是誰特地帶了食材來訪。

「請等一下，我家門口的食物……」她疑惑地開口詢問，發現是許久不見的阿湄和千代。

「啊，妳回來了啊。那些東西是要給妳的。」千代笑著說道。

「要不要來我家喝杯茶？妳們眞是太好了，謝謝妳們。」黃細娥對她們說。過了大半年，三個人終於再次聚在黃細娥家小小的起居室，相互問候各自的近況與煩惱，談及最近的新聞和天氣，也一起愉快地逗著孩子玩。黃細娥輕鬆地說起孩子在家如何調皮搗蛋的趣事，對自己一家入獄的始末則是輕描淡寫地帶過。

阿湄和千代專注地聽她說話，沒再多問什麼，只是稱讚孩子聰明健康，留下一些平安長大的祝福。

黃昏溫暖的斜陽映照在她們的臉頰上，光亮的容顏眉開眼笑。聊了一會兒，兩人便起身準備回家。

「若有什麼事需要幫忙，都可以跟我們說。」千代離開前特地對她說。

「好，下次再來坐啊。」黃細娥點點頭，站在門邊，目送她們走出巷子外。

一直到秋季，街上的草木停止生長，黃細娥終於接到丈夫即將出獄的消息。黑色聯盟案的預審終結，陸續釋放了十多名無關而無辜的嫌疑人。她焦急地等待著，四處向其他出獄者打聽，但是等了一個月，仍然沒有等到洪朝宗回家。

十二月某天中午，洪朝宗被釋放出獄了，他的身形消瘦許多，但精神仍然明朗。他被拘留了十個多月，才重獲自由，回到熟悉的家中與妻女團聚。

黃細娥放下過去一年來恐懼、憤慨的鬱結。她看著眼前的丈夫和孩子，忽然覺得那些理想的、反抗的問題變得很遠，只要人平安回來就好。

5

小澤公判開庭這天，黃哲濱和石頭清早趁著大家還沒醒，連舍監都還在睡夢中，趕緊翻牆爬出學寮。他們走在田野間荒涼的路上，前往城內舊校區附近的台北地方法院。

法院還沒開門，門邊的售票窗口已經有幾個人在排隊，他們也跟著排起隊。上午七點一開賣，兩人順利買到兩張入場旁聽的門票。隊伍後面滿滿的人潮，想必都是關心黑色聯盟案的群眾。

距離預定開庭的九點還有一些時間，石頭提議去一旁新公園或新高堂書店走走。黃哲濱心裡有些忐忑不安，但還是跟著石頭暫時離開法院。等到第一訟庭開放入場，旁聽的觀衆席很快就坐滿了人，他和石頭看見不少熟面孔坐在前後，都是幾位平時公開在文協講演會演說的辯士。

隨著人潮越來越多，黃哲濱似乎也定下心來，緊張的情緒趨緩。前來旁聽的，有不少是去年被牽連入獄的人，以及他們的家屬，衆人在法庭內耐心等候。直到牆上的時鐘指向十點二十五分，幾位警察帶著四位被告出庭。四人臉上都沒有表情，靜靜待在被告席。他遠遠看見一個似乎是小澤的人，臉色有些蒼白，像是病了一樣。

「那是小澤先生嗎？」石頭小聲問道。

黃哲濱沒有回答，屏氣凝神地看著法庭內判官、檢察官和辯護士走上前就位。判官宣布開庭，接著逐一詢問小澤和其他三人的年齡、職業和出生地。聽見小澤回答的聲音，黃哲濱才確定那眞的是他，小澤君此刻跟自己同在這個法庭裡。

判官忽然神情嚴肅，說今日要審判的事件違反了治安維持法，對社會有害，除了特定辦案警官之外，其他人一律禁止旁聽。觀衆席出現小小的騷動，但衆人也只能配合地退出法庭，在外頭小聲議論。

黃哲濱和石頭走出來，遇到了川崎夫婦，向他們打招呼。

「黃君也來聽小澤的開庭判決嗎？」川崎先生問。

「是啊。可惜禁止旁聽，不能了解審判答辯的過程。」黃哲濱露出失望的神情。

「這也沒辦法。別擔心，我想思想犯罪頂多就判個三、五年……」川崎先生看起來也不是很有把握，微微皺著眉頭。

法庭外的另一端，黃細娥和洪朝宗夫婦也和文協的幾位朋友，低聲討論著這次黑色聯盟事件被起訴的王詩琅和吳滄洲。黃白成枝向他們夫婦介紹了今日遠從彰化特地來台北旁聽的陳崁先生一行人，也是去年遭警方搜查逮捕的對象。

幾人聚在一起聊了幾句，接著往窗邊探頭，想知道法庭裡的狀況。

所有旁聽人離開法庭以後，頓時所有門窗緊閉，裡頭所有的答辯內容完全聽不見。人們聚在法庭外觀望、徘徊，直到中午才漸漸散去。

陳崁和一群彰化新劇社的友人北上旁聽公判，也希望親眼看看吳滄洲的狀況，想不到被判官趕了出來，只好回家等待判決消息。

門窗緊閉的法庭內，判官和檢察官先是審問小澤一人，下午又依序向王詩琅等三人問話，最後再回頭聚焦於小澤組織黑色聯盟的目的。一週之內連續開庭兩次，做出了一審判決的結果。

「若是不服這次的判決結果，四位被告可以再提出上訴。」最後判官堀田對著小澤他們說。

「不必了，我無所謂。」小澤被判兩年六個月刑期，但他毫不在乎地回應。

結束一整天緊湊的審問開庭，王詩琅回到監獄中靜下來，想起已經不在人世的周和成。不知是否該慶幸他逃過這一回，不必入獄受折騰。但若他還在，肯定會認爲被關個一、兩年也沒什麼，開朗地承受失去自由的滋味。

灰色的斜陽從小窗穿越監牢醜陋的木柱。監牢內迴盪著巡警佩劍的金屬聲響。晚餐放飯的時間到了，一碗摻著砂石的粗劣糙米飯被送進牢房。王詩琅一點胃口也沒有，但腹中傳來飢餓的聲音，他只好捧起冰冷的鐵碗，連同石子與米飯一起吃下肚。

王詩琅煩惱著該如何度過這一年六個月的日子，困在獄中的時間還長得很。書是可以自己讀的，卻不能和勵學會的好友們一起聚會討論書籍報刊。想到這裡，他忽然感到有些寂寞。

外面的天色開始變暗，整座監獄隨之陷入一片黑暗，只剩下中央巡警的監視台上，一盞小小的油燈幽幽亮起。

第六章 流星之後

1

連續幾日陰雨綿綿，窗外春雷大作，王詩琅在牢獄中低頭讀著書，消磨漫長的時間。雖然有不少書籍相伴，但陰雨的天氣仍然讓人心情鬱悶。不能到戶外放風走動或洗衣，也讓他感覺呼吸的空氣皆是混濁不流通的。

隔日，他收到家裡送來的慰問品，還有幾冊書房裡未讀完的書籍，有傳記、經濟學、史學那一類厚重的書。家人也送來幾箱柑橘，分送給獄友和看守的獄吏。

午飯之後，他拿到一顆柑橘，很珍惜地慢慢剝開。橘子酸甜的氣味拯救了這幾日糟透的心情，讓他感覺日子又能繼續下去。下午，窗外的雨似乎停了，微弱的陽光照進監牢的窗內。

接著又看見窗外庭園裡有人正在散步、運動，他開口要求能不能讓他去戶外走走。獄吏也立刻答應他，帶著他離開牢房，在雨剛停歇、仍然泥濘的草地樹下活動身體。

他知道小澤先生同樣也被關在台北刑務所，卻不曾在戶外走動或洗衣時遇見，只有在年初公判開庭時見過兩次。也許是管理的獄吏刻意錯開時間，不讓熟識的人有機會一同行動。

王詩琅繞著庭園一圈一圈散步，遠遠看見一、兩個人影都是陌生的獄友。走了十來分鐘，身體開始暖和起來，便看見獄吏在屋簷下向他招手。戶外活動的時間結束了，他跟著走回室內，回到自己的牢房讀書。

他已經逐漸適應在監獄的生活。他過著非常規律的日子，清晨五點便自然甦醒，起床看書或寫作，等到六點半有人來喊著起床，再出牢房洗臉漱口。白日光線充足，就盡量讀書學習，每日打掃監牢、入浴盥洗。夜裡燭火燈光昏暗，看守的獄吏總是早早就沿著牢房門口宣布就寢。

若是天氣不錯，每隔一、兩日也能出去戶外呼吸新鮮空氣。

因爲他的態度和善，獄吏看他是讀書人，也待他不錯，提出的請求幾乎都能得到妥善安排。家人朋友寄來的慰問品，各式肉脯、水果或是書籍信件等，也支撐著他度過獄中枯燥無味的時光。

而他的思緒與精神，時常隨著窗外的天氣起伏變化。

沒有太陽是會令人憂鬱的，他在獄中理解了這個道理。自然的氣候和生物的本能，在灰暗的監牢裡忽然更加凸顯出來。他感覺自己像一隻被困在地底的蟲子，拚了命想要鑽出地面，沐浴在溫暖的陽光下。

晴朗的太陽，似乎可以使人暫時忘記失去自由的身體。陽光是可以治病消毒的，萎靡消沉的時候，走到太陽下一會兒，將壞掉的精神拿出來曝曬，便覺得有溫暖的能量注入身體。

一年多來的刑期，他靠著夏日的太陽、有趣的書本，安穩地度過許多時間。他開始倒數自己能重獲自由的日子，期待著能盡快離開刑務所，回到熟悉的街道和書房，以及家中經營的布行。

昭和三年六月，隔壁牢房來了新的獄友，聽見獄吏喊他的名字，似乎是個本島人。晨間走出牢房洗臉時，他注意到對方是個溫和有禮的年輕人，行爲舉止都很客氣，眉眼間有著忠厚純樸的氣質。

他暗自猜想，或許是個正直的政治犯吧，可能還是文協的成員。看來有理想的知識青年，都難逃被捕入獄的命運啊。

午飯過後，他到戶外的水道處洗衣，看見那位新獄友也在那裡。獄吏已經在樹蔭下昏昏欲睡，水道邊只有他們兩人。

「你也是本島人吧。」王詩琅用台灣話低聲問道。

「你說什麼？」對方卻一臉疑惑，用日語回應。

「你是內地人嗎？」他接著改口問。

「不，我是朝鮮人。」年輕人答道。

「原來是這樣啊。我以爲你也是反抗政府的本島人同伴。」王詩琅笑著說。

「可惜不是，但我們的敵人應該是一樣的。」對方親切地回應。

「你怎麼會被關來這裡呢？」他好奇地問。

「我在台中出手刺殺皇室親王，接著服毒自殺失敗，所以被送到這裡。」

「你也是……安那其嗎？」王詩琅驚訝地追問，左顧右盼四周監視他們的獄吏。

「安那其？那是什麼？」對方卻像沒聽過一樣地反問他。

「無政府主義。你不是嗎……」他話還沒說完，在戶外看守的獄吏走上前，打斷他們的對話；兩人拿著洗好的衣物，被帶離開水道邊。

回到牢房，他仍然有許多話想問那位年輕人。兩人隔著一道牆被關在旁邊，獄吏就坐在走廊上。他在監牢裡來回走動，靜不下心讀書，腦袋裡反覆回想剛才的對話。

過了一週，他耐心等待著機會，希望能跟那位刺殺親王的獄友說話。

夏季的太陽非常刺眼，他隔著鐵窗，看見對方在正午的陽光下快步運動。

「我可以去庭園活動身體嗎？」他轉身對著走廊上的獄吏問。獄吏點頭，上前幫他開了監牢的門，帶著他走向戶外。

他抬起手臂遮擋住迎面而來的亮光。氣溫很高，戶外仍有幾位獄友在太陽下散步。他繞著庭園加快腳步，一邊注意著樹下輪班站崗的獄吏，一邊盯著那個朝鮮年輕人。

「我叫王詩琅，你叫什麼名字呢？」他們距離大約五個步伐，他沒有停下腳步，持續快走，也避免正面的眼神交流。

「我叫趙明河。」對方放慢速度，才意識到他故作無事，想避開獄吏的關注。

「你爲什麼……刺殺皇室成員？」王詩琅快步超越他，漸漸又拉開距離。

「我是爲了替大韓報仇，是爲了我的國家。」趙明河也繼續邁步快走，保持一小段距離，別開臉看向遠方回答。

「你很有勇氣，我支持你……」王詩琅誠懇地說道，放慢了腳步。

趙明河沉默了一會兒，接著看見獄吏招手叫他回去。

「我得走了，再見。」他低著頭像是自言自語，對著空曠的草地說道。

王詩琅停在原地，看著對方的背影遠去。回過神來，頭頂已經被太陽曬得發燙。他走回屋簷下，叫醒那位帶他出來的獄吏，跟隨著對方走回自己的牢房。

後來，王詩琅不曾遇見那位勇敢的朝鮮獄友。隔壁的牢房空了下來，直到出獄，王詩琅都沒再見到他。

再過幾個月他就能出獄了，回到正常而自由的社會生活。但想起曾被關在隔壁的朝鮮人獄友，不惜犧牲生命，也要採取行動對抗殖民者，而自己在這一年多的牢獄之中，似乎變得膽怯害怕，這不正是掌權者逮捕政治犯想要達成的目的？

這位獄友憑著一個人的力量所做的努力，撼動了他因入獄而失去活力的思想。他也曾經想過，如果自己和小澤沒有被逮捕、如果周和成還在，他們創造的黑色聯盟會產生怎樣的變化。

也許會策劃一場暗殺或恐怖行動，會付諸更多行動向本島的群衆宣傳？

獄中嚴密的監視與控制，使他完全放棄想像黑色青年的下一步。只希望時間盡快度過，困住他的罪刑才能解除。

王詩琅想起小澤在法庭上冷漠應答的態度。即使受到嚴厲的指責，小澤仍對國家和法律的制裁毫不屈服，從頭到尾都不認爲國家有權審判他們。王詩琅還記得他的面容冷靜沉穩，像是早已做好了準備，但沒有人知道他內心是怎麼想的。

他明白自己和小澤、和那位朝鮮獄友不同，他害怕肉體與精神的痛苦，他仍然在意他人的眼光。比起挺身爲了理念冒險犧牲，他反而想把自己隱藏起來，在不顯眼的地方埋頭讀書。

各人有不同的選擇，他固然理解並支持那些暗殺和攻擊手段，但他不可能採取同樣的行動。他的思緒紛亂，滿是顧慮和猶豫，關鍵時刻若是有一把刀在手上，必定先經歷一番自我懷疑和否定，仍無法跨步行動。

那是怎樣篤定而乾淨的意念，才能直指眼前權力的中心，心無旁鶩地行刺？

然而，趙明河失手的刺殺行動，並沒有殺死任何人。遇刺的昭和天皇的岳父躲過一劫，順利完成在全島各地的閱兵，接著到台北繼續視察的旅程。

出獄不久，王詩琅翻出去年的報紙，找到趙明河犯案的經過、被判處死刑的消息。御用報紙整頁的篇幅寫著「台中不敬事件」，強調犯人沒有政治動機，只是不滿在茶舖勞動的收入與待遇，憤而行凶危害久邇宮殿下，並且服毒自殺。【註】

他的朝鮮獄友爲國家報仇的執念，成了一件無人知曉的祕密。

他很慶幸自己在獄中遇見趙明河，偶然瞥見這起驚動社會的不敬事件，不爲人知的面貌。

但此刻的他，卻無法爲這個年輕人的行動或死亡做出辯解。只能祝福對方的國家。

熬過牢獄中的日子，他終於重新回到老家德豐號。家人爲他擺了豐盛的宴席，吩咐店員爲他量身訂做幾套新的洋服。店裡的大家都等著他回來掌管帳務和生意。忙碌之餘，他陶醉於選購報刊書籍、生活用品。他有些羞愧，卻又必須承認自己是眞正留戀這些物質的美好。

一頂做工精緻的帽子、一支優雅的懷錶、一套嶄新的服裝，還有林立在熱鬧街道的店舖。世間俗事的滋味，原來是這樣讓人心安與滿足。

靜謐的夜裡，他在忙完店務瑣事之後，點起油燈，享受著夜讀的自由與樂趣。他拆開向東京書店郵購的書籍包裹，翻閱著這次寄來的幾本書。忽然讀到一本談論宗教和基督的書，他有些疑惑，翻至封面一看，原來是幸德秋水的《基督抹殺論》。

他聽聞這本薄薄的小冊子許多次，總算買到書，趕緊難掩期待地捧著書。

對於宗教和迷信問題，文協的知識分子也努力向群眾傳達許多文明智識。但幸德秋水談論宗教的意義，卻是爲了取消神祇和天皇的權力。

幸德先生因爲策劃暗殺天皇的大逆罪名遭到處決，在獄中的最後時間，他寫下這部批判宗教和神話的論述，做出最後一點徒勞的反抗。

這世界上並沒有神，他是這樣告訴讀者的。

失敗的革命者，失手的刺殺者，臨死之前仍然想告訴衆人，這個世上沒有神。

註：昭和三年，趙明河的刺殺行動雖然沒有成功，但台灣總督上山在這起波瀾中宣布辭職，警務局長和台中知事也因此辭去職位。

王詩琅卻不認爲那是失敗，他能夠領會在獄中無力的、強烈的挫敗感，黑暗無聲地侵蝕並淹沒他，任何掙扎都是無用無效的，只能任憑時間流逝，生命流逝，而未來是斷裂的，不與當下相連。

要很久之後人們才會知道，世界確實因爲他們，緩緩地轉向了另外一邊。

2

從警署的拘役留置場被釋放，已將近一年，楊松茂仍時常有自己還在獄中的錯覺。有時他在夜裡驚醒，總覺得門外有人看著他。起身檢查門外窗外，環視屋內，才鬆一口氣，鑽回被褥中，繼續淺淺的睡眠。

這個月他的私塾已經換到第三個地點，不曉得這回又能夠撐多久？

自從他出獄回來，警署那些跋扈的巡警像是盯上他一樣，不斷地上門取締他的私塾。他們說禁止私塾開班教授漢文，命令孩子們立刻離開，回家等到年紀夠大了，再去公學校唸書學國語。

學生被警察請回家幾次，自然不再來私塾上課了。他這輩子就只懂這些漢文詩書，雖然唸過一年公學校，日語卻幾乎不懂。除了教孩子學漢文，他不知道自己還能怎樣維持生計。

被拘留在警署的那十七天，怎麼像是沒有盡頭般地不斷延長。嫌疑犯如烏雲般的陰影從此跟在他身後，不時打雷閃電，挾著冷涼的雨水鋪蓋而來。

上回他陪著母親，去賴和先生的病院看病，也跟他聊起自己近來諸事不順的生活。賴和先生見他意志消沉的模樣，親切地鼓勵他不如開展新的興趣，寫些文章投稿，賺取稿費也好，日子還是要過下去啊。來寫隨筆、寫小說吧，順道抒發自己對社會的看法，賴和先生是這麼說的。

前輩溫暖的關心令他萬分感動，但自己眞的能寫出值得一看的作品嗎？心裡充滿了猶豫和懷疑。回家路上他想來想去，覺得總是得跨出新的腳步，繼續深陷在煩惱私塾教育的漩渦裡，也不是辦法。

以前雖然只會寫一些舊詩，和許多愛好吟詩創作的好友組成了流連索思俱樂部，也發表過不少自己滿意的詩作。不如著手試看看白話小說，趁著私塾的生意冷清、閒得發慌的時刻，來做些新的嘗試也好。

沒有學生上課的日子，他埋頭讀了許多報紙雜誌上的小說和隨筆，仔細研究他人寫作的主題和手法。讀到腦袋熱了起來，感覺字從眼前不斷地長了出來。

他靜下心拿起紙筆，一字一句地把腦中一閃而過的念頭和想像攫住，複寫在紙上。

而彰化新劇社的同伴也找上他，計畫在夏季重新復出，展開巡演。除了之前受大眾歡迎的劇目外，也增加一些新的劇作來改編和排練。他們因爲黑色聯盟事件沉寂了許久，劇團裡將近二十人都受到牽連入獄，演出也停擺。

聽到新劇社這些友人充滿興致地談論復出事宜，是楊松茂近來難得感到欣喜的好消息。彷彿在幽暗的深谷中，透出一點光，指引他繼續往前。

「上個月我才在報紙上讀到黑色聯盟的判決結果。上回我們一群人去了台北，想不到竟然禁止旁聽。最後滄洲也被判了一年六個月的刑期啊。」陳崁感嘆地說道。

「這件事確實令人不平，只要有反對政府的嫌疑，先全部抓起來拘留調查幾個月。關在警署裡，每天軟硬兼施地恐嚇幾回。警署這番作爲，簡直是爲社會主義做宣傳，逼我們出來反抗政府。」楊松茂忍不住脫口而出，對著身旁同樣受害的朋友抱怨。

「是啊，我們可不能因此退縮，讓他們覺得威脅恐嚇是有效的。」陳崁和劇團幾位成員，接連表達自己堅決的立場。

以往幾年演出時，楊松茂認爲應該踏實地按照劇本演出，才是最理想的。劇本已通過政府和警署的檢閱，照理說是沒有問題的，但劇團其他成員偏偏喜歡增加台詞、即興演出，甚至嘲諷臨監的警察，時常換來中止演出的命令。他總是反覆耐心勸說，希望劇團好好堅持呈現完整的劇作，忠於劇本的藝術性。

不過經過這回入獄，他對於表演路線產生新的看法，與團員們也更加團結。

劇團一群人熱熱鬧鬧，排練起曾經演過不少次的《復活的玫瑰》，準備在夏天時前往苑裡、宜蘭等地巡迴演出。台詞較少的小角色，也自由活潑地脫稿演出、增加戲分。

楊松茂這回卻覺得沒有什麼不好，演員上台原本就是爲了表現自我，藉著表演說點眞話，也讓台下觀衆感到新鮮有趣。

有時戲演到一半，角色即興在戲中穿插對政府或資本家的批判，或對著觀衆發表演說。這次劇團復出的演出效果，形成更大膽鮮明的對抗與諷刺。在宜蘭演出的第四天，果然被警察以不照劇本演出爲由，禁止他們公開演戲。接著在彰化座的巡演，也因爲演員在戲中演說，遭到逮捕檢束、禁演和罰金。

彰化新劇社面臨嚴厲的取締和監視，復出不到兩個月，便逐漸消聲匿跡，不再登台演出。

與劇團好友結束了這段時日精彩的巡演，楊松茂回到自己的書房，獨自在白日有光的窗邊讀書寫字。

書房裡，動物的影子開始表演，成群的狗兒吠叫狩獵，白兔一閃而過，石虎和果子狸遭受獵捕。沙地裡的林投樹、甘蔗園、屋子裡的一桌酒席，他在虛構的故事裡搭造場景。小說人物在言談之間又回到現實，說起治警法的大逮捕、民衆運動的大事件。

寫著寫著，他明白了白話小說虛構的世界，是一張通往眞實的地圖。路途上熱鬧繁雜的風景，都隱隱指著一個迂迴的方向。接續向前寫下去、讀下去，卻能夠重新照亮往昔的記憶，是向前也是回望。

他又想著，自己一生能有幾次被捕入獄的經歷呢？

文字和時間或許能眞正消化他受挫不安的混亂思緒。他決定要寫一篇小說，爲入獄的十七天，爲令人苦惱的黑色聯盟，獨自在紙上演一齣戲。

主角是無故被逮捕的嫌疑犯，在孤獨寂寥的監牢裡，聽見一陣口琴聲，吹奏著「籠中鳥」的曲調。囚犯無望的目光，在字句之間抬起頭來，凝視著那些捧著報刊的讀者。

3

這天傍晚，千代放學回到家，一如往常地先往廚房探頭，找阿湄聊聊今日在學校發生的趣事。穿著圍裙的阿湄和芳子正在爐火旁，手腳俐落地料理著晚餐的菜色，一邊回應千代。

「阿湄，妳又長高了。」阿湄端著一條魚走出去，千代忽然在她身後這麼說。

「是嗎？」她不以爲意地回答，接著在走廊上被千代攔住，兩人比畫著身高。

「我一直都比妳高出一些，但現在妳比我還高了。」千代有些驚訝，但臉上笑得很開心。

「我是阿里山的神木。」阿湄往上伸長雙手，擺出樹的姿態。

「妳太瘦了，阿里山神木可是我們全班十多個人張開雙臂才環抱得住。」千代誇張地展開並揮動手臂，想要比擬神木的寬度。

上週千代才和靜修女學校的同學們去修學旅行，乘著狹窄的火車前往阿里山看雲海和神木。這是她們在女學校讀書的最後一個學期了。明年春天，她們就要從學校畢業。

這次的修學旅行，是千代第一次登山，穿著布鞋在寒冷的山林之間健行。班上有不少同學都熱中於網球競賽，除了練琴，她也時常和同學們打網球，體能還算不錯。但登山果然還是更有挑戰性，她們辛苦徒步登上山岳，遠遠看見新高山被層層雲霧圍繞，像一座浮在天空上的島。

親眼見到第一高山新高山，千代對清新壯麗的山景印象深刻。瑰異的美景原來是要歷經顛簸崎嶇的路程，才能抵達和見證的，她暗自在心中記著。

結束修學旅行回到學校，千代接著加緊準備下個月的鋼琴演奏比賽。在音樂老師的指導下，她進步飛快，也在演奏樂曲的磨練中得到滿滿的成就感。

比賽的日子很快便來到，沒想到千代在這場鋼琴演奏比賽中獲得了冠軍。擔任評審的聲樂家永井老師，對她的琴藝非常欣賞，特地關切了千代的學習和家庭狀況，並推薦她報考上野音樂學校。

「我會好好考慮的，也需要回家徵求父母的同意。」千代看著眼前溫柔優雅的音樂家，有些緊張但慎重地回應。

「池田同學若是有意來我們學校學音樂，我很樂意出面幫忙跟家長談談。」永井老師很大方地邀請。

「眞的嗎？我很想去報考。」千代堅定地說道。

「太好了，這兩天回家就跟父母提吧！這個週末我去妳家拜訪，好嗎？」永井點頭，滿意地微笑。

土曜日下午，千代放學後，帶著永井老師和她的西班牙鋼琴老師回家。

池田太太一身整齊正式的和服，站在家門口迎接他們。這是她第一次見到西洋人，還有永井女士這樣端莊優雅的音樂家。得知女兒受到老師們的讚賞，還在鋼琴演奏比賽得了獎，讓她既欣喜又驕傲。

原本她希望女兒畢業後就結婚，過著平淡美好的家庭生活，所以當她知道千代想去東京報考音樂學校時，內心浮現不安和憂慮，煩惱著要如何說服女兒打消念頭。

直到這天，見到永井女士這樣才華洋溢，談吐舉止都美得令人心生嚮往的音樂家，池田太太的擔憂頓時豁然開朗，領悟到女兒的人生或許有其他選擇。

永井老師留下音樂學校招生的信息，解答許多池田太太提出的問題，便從容地起身告辭了。

千代送兩位老師走到街上，向她們道謝以後，在溫暖的斜陽下緩緩走路回家。

「明年我陪妳去東京參加入學考試吧。」回到家之後，母親很認眞地看著她說。

於是，千代在畢業之後，前往內地參加入學考試，順利考取了上野音樂學校。

得知考上的那天，池田家洋溢著喜慶的氣氛，芳子和阿湄也特地準備比平日豐盛的料理，慶祝這個美好的消息。

晚餐之後，池田太太獨自坐在起居室裡喝茶，整座房子相當安靜。阿湄走進去，想問她是否該採買一些生活用品，好讓千代帶到東京去。

「阿湄，妳在我們家工作這麼久，和千代也像是姊妹一樣；我有一個請求，希望妳可以跟著千代去東京，照顧她的生活。她雖然個性堅強，但畢竟從來沒有獨自在外生活，我也無法陪伴在她身邊。」池田太太握著茶杯，語氣裡仍捨不得孩子遠行求學。

「好的，我知道了。」阿湄毫不思索，立刻答應跟千代去東京。

「她原本可以過著大小姐的日子，嫁進門當戶對的好人家，度過什麼也不必煩惱的一生。看來是我的眼界太小了，女人也能夠成爲獨當一面的音樂家，追求知識和藝術。千代就拜託妳了，一定要支持她走上她想要的道路。」看著矮桌上音樂學校的錄取通知，池田太太抬起頭對阿湄輕聲說。

昭和四年的春季，晴朗溫暖的日子，阿湄和千代搭上開往基隆的火車，要出發前往東京。車窗外月台上的池田先生和太太、芳子，還有幾位靜修女學校的老師和同學，熱烈地向她們揮手道別。

她們帶著沉重的行李，靠在窗邊，望著窗外熟悉的人影漸漸遠去，變成很小很小的黑點。基隆港邊，開往內地的輪船載滿了乘客，正準備啓程出航。

千代看著一望無際的大海，對自己的未來感到既期待又有些緊張。她看著身旁對輪船和港口十分好奇而四處張望的阿湄，想到自己的新旅途並非孤單一人，擔憂的情緒也頓時消散不見。

巨大的輪船緩緩駛離岸邊，開向北方。海和天空連成一片，乾淨明亮。

4

十二月寒冷的冬日裡，在台北刑務所，因爲昭和天皇即位大典的恩赦，許多罪犯得以減刑、被釋放出獄。

這天早上，監牢的小門忽然被打開了。小澤緩緩抬起頭，疑惑地望著門外。

「出來吧。你很幸運啊，遇到天皇舉行御大典，剩下的刑期被赦免了。」獄吏親切地說道。

他站起身移動步伐，離開這個困住他近兩年的牢房。虛弱的身軀感覺特別沉重。

監獄門外，有兩個警察正等著他。原來小澤這次出獄，並不是眞正重獲自由，他將被遣返流放於內地，禁止再回到本島。

他冷靜聽著警察解釋自己能夠提早出獄的緣由，心如止水。

他看對方低聲討論了幾句，接著還是拿出法繩，繞住他的腹部縛緊，一手抓著繩子的另一端，不讓他逃跑。小澤立刻也意識到，這並不是要放他出獄。

警署爲了不讓他有機會和本島的黑色青年聯絡，決定把他強制驅離，卻告訴他是因爲他在本島的親人都已經回到內地，於是派警察保護他回千葉。

負責監視護送小澤的其中一名警察，一路上在他身邊苦苦勸說，告訴他應該感謝天皇的恩赦，回到內地可要重新做人，別再沉迷於虛無危險的思想。

他沒有回應，只是面無表情，順從他們的安排。政府要把他送回他陌生的本籍地，他父親的家鄉。

入獄的刑期長短，於他而言並無不同。同樣都是強制奪取人身的自由，三年或兩年的時間，似乎是同樣地漫長。何況，自由的日子或許早已不復存在，安那其主義的任何行動，都被政府嚴格禁止，視爲犯罪。

他們走出室外，警署的囚車停在門口。即使天色陰沉，白日的光線仍然照得他忍不住用力閉上眼睛。

「怎麼了，快走啊。」警官注意到他停下腳步，輕輕拉著法繩催促他。

「好的。」他跟著繼續走上前。

在獄中的日子，他鮮少走出戶外曬太陽，即便牢裡的窗子透進陽光，窗外庭園有不少獄友正在散步，他也幾乎不曾有過想要親近太陽的念頭。

他的眼睛還不太適應自然光線，就隨著警察上囚車。

小澤乘坐在押送犯人的自動車裡，聽見他們指示自動車運轉手前往台北驛。囚車接著啓動前進，開過專賣局的路口、台北師範學校，經過測候所。他忽然看見車窗外，台灣總督府高塔佇立在遠處。雖然街道的樓房之間，太陽被雲層遮掩，不見蹤影，但磚紅的高塔仍高高矗立在灰霾的天空下。

他望著那座高塔，直到它掠過小小的車窗，消失在眼前。

從台北驛搭火車到基隆，兩個護送他的警察繃緊了神經，無時無刻都盯著他的舉動。驛站通往基隆港的路程很短，他們站在港邊等待輪船入港。

濕涼的海風黏膩，隨著岸邊的浪一陣陣撲來。在基隆當警察的父親，想必早已知道他入獄的消息。他想，眞的如警察所說的，父親和姊姊都離開本島了嗎？

但他明白人生來就是孤獨的，人與人的交集也往往只是暫時的。

無論發生什麼事，他也不願再與父親聯絡。在他十五歲那年，獨自照顧病中的母親、打理家務，讀書上學。父親卻對家庭不聞不問，在外過著放蕩的生活。母親病逝以後，他對他只有厭惡。

父親調任到基隆後，徹底擺脫了自己。若不是獸醫長崎先生讓他寄宿、幫助他完成中學的學業，他不知道自己的下場會是如何。

「蓬萊丸」黑色的船身緩緩停靠入港，天候瞬間有了變化，雨點落入海中。船上兩個巨大的煙囪冒出黑煙，往天空飄散而去。

人們撐起傘，在港邊排隊準備登船。他的步履遲緩，沒想到才走沒多久，雙腿再度隱隱作痛。兩年前，他在千葉的軍營被逮捕，就患了嚴重的關節炎，訊問與審判的過程都在病痛中度過。

他在獄中幾度不能行走，心志深受折磨，但他並不怨恨或後悔。他爲黑色聯盟，爲安那其主義所做的一切微小努力，即使只是空洞無效的掙扎，也是他眞正想踏上的路。

這些日子在牢獄中休養，靜待時間流逝，似乎好了一點，但今日又感覺身體全然不是自己的。

海上開始起霧，飄著細雨。冬日寒冷的水氣瀰漫，他看著身後逐漸模糊的碼頭，前方是冰冷的大海。巨大的輪船駛向未知的方向。

小澤想著，如果自己能在迷霧之中從此消失不見，就好了。

5

昭和四年，黃哲濱和石頭在畢業前夕，和寢室裡不同年級的學弟一起拍照留念。

他們從自修室搬出兩張藤椅，一群人穿著深色冬季制服，後排幾位低年級學弟，則戴著黑色制帽。黃哲濱和石頭兩人身為最高年級的室長，隨意坐在藤椅上，對著相機微笑。一旁花叢間點點黃花，在溫暖的春日裡綻放。

他們的寢室成員都是中南部的本島人學生，一直以來相處得都很融洽。他和石頭就要畢業，最難忘的，或許就是在學寮的住宿生活了。

「以後我們不在，就靠你們照顧這些同寢室的學弟了啊。」石頭一副學長的姿態，轉頭對身後三個四年級的學弟說道。

「沒問題。謝謝你們這些年來的關照，畢業快樂！」學弟滿臉笑容地祝賀。

春季的校園裡，草木長出新芽，充滿新生氣息。三月正式畢業，他們結束在師範學校的學業，下個月就要前往分發的公學校準備開學任教了。

黃哲濱回到台中老家的母校教書，與安田老師重逢，師生非常開心地相聚。這五年來，安田老師幾乎沒變，一樣精神飽滿地教導和鼓勵孩子。

想不到幾年前才剛畢業的學生，也回到家鄉教書，安田老師欣慰地感嘆著。

除了公學校的國語、算術、農業或圖畫課外，他也時常帶著孩子到學校周邊寫生。一群孩子坐在鄉野的道路旁，畫下豐原郊外的稻田、廟宇、相思樹。

雖然沒能走上職業畫家的路，黃哲濱仍對繪畫和教學感到欣喜與滿足，每年都認真完成新的作品報名台展選拔。無論有沒有入選，每一次參加都是踏出重要的前行腳步。

他一直惦記著石川老師告訴他們的，本島畫家要畫出自己家鄉獨一無二的特色。公學校孩童的美術教育，也是令他充滿動力的任務。

看著孩子們天真地沉浸在畫圖的樂趣中，畫著他們熟悉的環境，每天步行上學的小徑、校舍、牛車，黃哲濱覺得自己也感染了那份快樂。

平靜愉快的日子裡，他在報紙上讀到小澤出獄的消息，小澤卻完全消失無蹤，從此音訊全無。小澤回到內地繼續服兵役了嗎？出了什麼意外嗎？還是擔心牽連朋友，決定不再聯絡？他疑惑對方出獄後爲何沒有來信，畢竟曾經是十分親近的好友。

他很少再想起黑色聯盟的事，除了一本法布爾的《昆蟲學回憶錄》，沒有留下任何證據或痕跡。畫著小澤肖像的速寫簿早已不知去向，即使翻遍學寮和家中，都沒有下落。小澤和黑色聯盟於他而言，成了像夢一般虛幻的回憶。

後來戰爭襲來，他帶著孩子躲避空襲。都市有不少人都往中南部疏散，逃離美軍對台北頻繁的轟炸攻擊。戰爭的尾聲，他聽說總督府遭受嚴重的炸彈攻擊，在大火中燒得破敗焦黑。

他忽然想起學生時期對著總督府寫生的時光，想起了小澤提過但從未實現的炸彈行動。他遵守承諾，不曾向任何人透露小澤的意圖和計畫。

昭和二十年，天皇宣布戰敗。本島的民衆歡喜地迎來新的時代，總算換了新的政府接收統治。原本以爲自由祥和的日子就在眼前，想不到卻落入更加高壓的極權統治。

他聽說在帝展和台展屢次入選的陳澄波學長，在二二八事件發生後，出面希望與軍方調解衝突，卻被逮捕刑求，在嘉義驛站前遭到公開槍決。

漫長的戒嚴隨之籠罩，出於對政治的恐懼和避諱，人們對於他的死沉默噤聲。

黃哲濱即使深受震撼，卻不能顯露出悲憤或不平的情緒，只能小心翼翼地度過往後的日子。他謹慎地說話、畫圖，壓抑著反抗政府的意念，好讓自己能安全地存活，直至老去。

直到他覺得自己已經夠老了，肅殺恐怖的時代氛圍也隨著解嚴，緩緩消退。

過了將近六十年，他在昭和二年遺失的速寫簿忽然被寄來了，從遙遠的美國回到他手中。

速寫簿裡的時空，彷彿暫停在那裡，一刻也沒有消失。所有飄忽虛幻的回憶，在水彩和素描一筆一畫的線條間，清晰地浮現在眼前。

速寫簿裡的肖像畫、油印的黑色青年聯盟宣言書，自不同角度繪製的總督府寫生。

黃哲濱依然記得小澤在出發前往千葉的前一日，他那自在的模樣。川崎先生家二樓那個六疊大的房間裡，那乾冷的空氣、紙張的氣味、簡短卻堅定的對話，仍然存在於這些黑白的速寫中。依舊在這裡。

《安那其的黑色流星》完

附錄

歷史關鍵字

歷史關鍵字——人物篇

小澤一（1906-1929）

灣生日本人，一九〇六年生於日治時期的台灣彰化，被日本殖民政府視為台灣黑色青年聯盟組織的核心人物。

小澤的父親是出身千葉縣、調派至台灣的巡查長。幼時小澤因父親調任而搬家至台北，進入壽小學校就讀，他自幼聰明、成績優秀，後來就讀台北第一中學校。《台灣日日新報》一九二八年一月連載了一系列關於小澤一如何成為無政府主義者的報導，提到小澤在學生時期就時常為強者欺壓弱者感到不平，站在弱的這一方，這樣的性格特質或許與他後來為什麼會成為無政府主義者，認同無政府主義反對支配、反對權威的傾向有關。報導中也敘述，小澤十七歲時歷經失戀、母親病逝後與父親關係惡化，各種打擊之下，他決定離開台灣，前往嚮往的東京，寄居在姊夫井下家中。小澤在東京一邊就讀獸醫學校，一邊在工場當機械洗盤工人，並接觸了不少勞動運動的思想和組織。

受到一九二三年關東大地震及無政府主義者大杉榮遇害的影響，小澤加入了東京勞動運動社，投身無政府主義運動，後來更回到台灣，組織台灣黑色青年聯盟。組織成立不久便遭到逮捕、起訴，被判處兩年半刑期，但刑期尚未結束即遇到天皇即位大典特赦。出獄後，政府官方的報紙報導小澤於遣返日本的船上自殺身亡。

大杉榮（1885-1923）

日本明治至大正時代知名的社會運動家、無政府主義者。大杉因活躍於社會運動、勞動運動而多次入獄，每次入獄被關，便自學一種語言。他曾受到法國無政府主義組織邀請，祕密出國至法國，於國際勞動節發表演說。大杉也因此被法國政府逮捕，強制遣返回日本。關東大地震發生後，在震災的混亂中，大杉和情人伊藤野枝、外甥橘宗一遭到憲兵甘粕正彥拘留並殺害。葬禮上，遺骨遭右翼分子奪走。大杉榮遇害後，日本的無政府主義運動也迅速凋零，陷入沉寂。

王詩琅（1908-1984）

台灣日治時期作家、社會運動家、文史研究者。王詩琅出身台北萬華，家中經營布莊，公學校畢業後接管家業而無法繼續升學。勤奮好學的王詩琅與同學好友組成「勵學會」讀書討論，卻也因爲參與社會運動，屢遭警署監視及約談。年輕時因參與台灣黑色青年聯盟、台灣勞動互助社等無政府主義組織運動，多次被捕入獄。王詩琅的小說風格及主題，關注都市生活及社會問題，從細緻的人物心境描寫，投射出時代氛圍。

黃細娥（1908-?）

曾就讀台北第三高等女學校（現今的中山女中），期間與同學謝玉葉參與文化協會活動，因發送反對日本殖民政府的傳單，受到警察傳訊，並且被第三高女開除學籍。一九二七年文化協會改組、路線左傾之際，她當選成爲文化協會婦女部部長，爲當時的婦女地位發聲、發表演說。她與丈夫洪朝宗、年幼的孩子，在台灣黑色青年事件的全島大搜捕中，被逮捕入獄拘留，《台灣民報》稱她是「台灣女子社會運動家的第一人」。

趙明河（1905-1928）

一九一〇年日本殖民統治朝鮮，出身朝鮮黃海道的趙明河，在提倡朝鮮獨立的「三一運動」等反抗運動、民族自決的思潮下成長。他原本在黃海道任職地方官員，為了投入反抗日本的民族運動，辭去公職前往大阪。在大阪停留及工作期間，趙明河化名為「明河豐雄」。一九二七年，「明河豐雄」從神戶港搭船抵達台灣，在台中一間由日本人經營的富貴園茶舖工作。同年五月，趙明河在台中州立圖書館前埋伏，預謀刺殺久邇宮邦彥親王。刺殺行動失敗後，他服毒自盡被救回，最後被判處死刑。這起刺殺事件史稱「台中不敬事件」。

楊守愚（1905-1959）

台灣日治時期小說家、詩人。出身彰化，本名楊松茂，筆名有守愚、翔、村老、Y生等。自幼於私塾學習漢文，也成為私塾教師。他活躍於日治時期的新劇與社會運動，在賴和的鼓勵下，走上文學創作的道路。受到台灣黑色青年聯盟事件的牽連，遭拘役十七天。事發後，他發表小說〈嫌疑〉，以黑色青年事件的逮捕搜查為背景，敘述一位被當作嫌疑犯逮捕的青年，在獄中受警方訊問拘留的寂寞心境。他的作品關注社會議題及弱勢處境，批判日本警察、資本家等強權，有明顯的社會主義色彩。

克魯泡特金（1842-1921）

蘇聯無政府主義社會運動者、理論家，對於日本、中國、歐洲各地的無政府主義運動，皆有重要影響。代表性的政治思想主張及著作包含《互助論》、《麵包與自由》等。一九二〇年代的台灣黑色青年聯盟，也曾油印克魯泡特金的《告青年》，作爲研讀及宣傳文章。

法布爾（1823-1915）

法國昆蟲學家、博物學家，著有共十冊的昆蟲觀察研究《昆蟲記》，在自然科學及文學領域都被視爲重要人物。法布爾不認同當時受到世界主流擁戴的達爾文「天擇說」，並在自己的著作中對其提出批判和質疑。《昆蟲記》在日本有四個不同版本的譯本，第一位著手翻譯的，就是活躍於無政府主義運動、熟悉法語的大杉榮。

石川欽一郎（1871-1945）

出身日本靜岡，曾赴英國學習傳統英式水彩畫，是第一位來台灣定居且教授西洋美術的畫家。石川欽一郎於一九〇七年至一九一六年首度來台工作，擔任陸軍翻譯官，並兼任台北中學校、台灣總督府國語學校教師。他於台灣工作期間，以水彩畫呈現台灣風景，活躍於東京和台灣畫壇。一九二三年關東大地震，石川欽一郎在東京的住家遭到嚴重毀損。隔年，他接受台北師範學校校長的邀請，再度來台任教。第二度來台灣的石川欽一郎，對台灣的美術教育產生了深遠影響，培養了許多重要的台灣第一代西洋畫家如陳澄波、陳植棋、李石樵、李澤藩等，並推動創立台灣美術展覽會。

陳澄波（1895-1947）

日治時期台灣畫家，生於嘉義，東京美術學校畢業。陳澄波曾以描繪故鄉街景的油畫入選當時日本官方具代表性的帝國美術院展覽，也是台灣第一位以油畫作品入選帝展的畫家。戰後國民政府接收台灣，陳澄波對新的政府懷抱期待，並創作〈慶祝日〉，見證這個歷史時刻。一九四七年二二八事件發生，陳澄波身為嘉義市參議員，且通曉北京話，於是參與二二八事件處理委員會，前往水上機場與軍方調解，卻遭到虐待、刑求，以煽動人民暴動的罪名逮捕，最後未經審判，就被軍方載至嘉義火車站前，當衆槍決。

李石樵（1908-1995）

台灣西洋畫家，人物群像的寫實油畫，是李石樵最具代表性的作品主題。李石樵就讀台北師範學校期間，向石川欽一郎學畫，在學期間以水彩畫〈台北橋〉入選第一屆台灣美術展覽會。他的創作生涯努力不懈，被稱爲畫壇的萬米長跑者。李石樵曾七度入選日本帝國美術展覽會，並成爲台灣第一位帝展無鑑查（免審查）資格的畫家。李石樵戰後的作品有〈市場口〉、〈建設〉等，擅長以空間及人物細節指涉時代情境，充滿繁複的象徵隱喻。李石樵晚年移居美國，作品主題風格則回歸自然風景與人物寫生。

蔣渭水（1891-1931）

日治時期台灣醫師、社會運動家、民族自決提倡者。蔣渭水是台灣文化協會、台灣民衆黨的重要創辦人及領導者，並於大稻埕經營大安醫院、文化書局、春風得意樓，皆是當時知識分子熟知的地標。一九二〇年代，蔣渭水參與台灣議會設置請願運動，在治警事件中遭逮捕入獄，而後也因社會運動多次被捕入獄。一九三一年蔣渭水因腸傷寒病逝，腸傷寒又稱「腸窒扶斯」，是一九二〇年代台灣非常流行的傳染病之一。

張維賢（1905-1977）

台灣新劇運動的重要推手、無政府主義者。張維賢除了引進西方戲劇文化，成立「星光演劇研究會」、「民烽演劇研究會」等劇團，以藝術及戲劇活動作爲影響改造社會的媒介外，也曾參與接觸不少無政府主義組織，包括孤魂聯盟、台灣勞動互助社等，並在《明日》這個具有鮮明無政府主義色彩的雜誌上發表與政治思想及藝術論述相關的文章。

歷史關鍵字——事件篇

台灣黑色青年聯盟事件

日治時期台灣第一個無政府主義組織，一九二六年由灣生日本人小澤一與台北、彰化的黑色青年王詩琅、吳滄洲等人祕密結社。組織存在的時間約兩個月，除了印刷宣言書、克魯泡特金的《告青年》等宣傳小冊外，也展開全島演講旅行，於新竹、嘉義、鳳山、屏東、潮州等地舉行演講。除此之外，並無其他重大的政治行動。隔年二月，警方旋即展開十多天的家宅搜查和全島大逮捕，共逮捕四十四人。經過約一年的調查與判決，小澤一、吳滄州、王詩琅、吳松谷四人，被以觸犯治安維持法的罪名，分別被判一年至兩年半的刑期。

治安維持法是日本殖民政府取締以變更國體或否定私有財產制為目的的團體的法律，禁止無政府主義、共產主義及其他政治思想的組織活動。

關東大地震

一九二三年九月一日接近中午時分，日本包含東京、神奈川、千葉、靜岡等地的關東地區，發生嚴重的地震，造成大量建築物坍塌、火災，都市陷入火海，超過十萬人在震災中罹難傷亡。這場大地震也對日本政治、經濟，甚至文化、文學等各領域產生影響。在震災混亂之際，發生許多重大的社會事件，包含朝鮮人遭虐殺、大杉榮遇害的甘粕事件等。大地震與後續的歷史影響，也造成日本的無政府主義運動及組織陷入困境，社會運動的能量轉而發散至朝鮮、沖繩及台灣等殖民地。

甘粕事件（大杉榮遇害）

一九二三年關東大地震發生後的戒嚴中，憲兵大尉甘粕正彥一行人殺害了當時的無政府主義社會運動家大杉榮、他的情人伊藤野枝和外甥橘宗一，甚至將遺體丟棄於古井之中。這起凶殺事件震驚社會，也對日本的無政府主義運動造成重大影響，一方面讓當時的組織運動走向低谷，一方面卻也促使各地無政府主義者的集結，令殖民地的黑色青年關切並展開新行動。

六一七事件

一八九五年日本殖民統治台灣，將每年的六月十七日訂爲始政紀念日。一九二六年六月十七日，潘欽信、高兩貴、王萬得、洪朝宗、連溫卿等無產青年會成員，在青年體育館等地舉辦講演會，反對始政紀念日。他們主張日本占據台灣，台灣人受到差別待遇，不應該和日本人一起慶祝始政紀念日。警方因此逮捕他們，政府及官方報導以「否認日本統治」、「赤的思想」定義他們的罪名，並分別判處拘留十至二十天，史稱六一七事件。

台中不敬事件

一九二八年五月十四日，久邇宮邦彥親王（後來成爲昭和天皇的岳父）至台中閱兵，車隊行經台中州立圖書館欲左轉時，忽然有一位出身朝鮮的茶舖員工趙明河拿著短刀跳上車，出手刺殺久邇宮邦彥親王。侍衛上前制止，混亂中刺殺行動以失敗收場。趙明河被逮捕時，對著群衆微笑大喊，要大家不必害怕，他只是爲了替大韓民國報仇。服毒自殺失敗後，趙明河在同年十月遭判處死刑。當時的官方報紙稱這起事件爲「台中不敬事件」，強調犯人沒有政治動機，只是因不滿在茶舖工作的待遇，隨機犯案刺殺皇室親王。

台灣美術展覽會

一九二七年開辦的「台灣美術展覽會」（簡稱台展），由石川欽一郎、鹽月桃甫、鄉原古統及木下靜涯等四位在台灣任教的日籍美術老師推動，在台灣總督府支持下成立。台展仿效日本官方的帝國美術展覽會概念舉辦，從一九二七年至一九三六年，共舉辦十回。期間培養、造就許多台灣重要的西洋畫、膠彩畫畫家，讓這些畫家和作品受到大衆矚目，對日治時期的台灣美術發展，具有重大影響。

歷史關鍵字——地標篇

台灣總督府

日治時期建造的台灣總督府廳舍，由森山松之助著手修改長野宇平治參加懸賞競圖獲二等獎的設計圖，將中央的樓塔增高至十一層樓，使外觀更加高聳，象徵總督府的權力中心。一九一九年台灣總督府新廳舍完工，是當時全台最高的建築物，但當時也有文化界人士如石川欽一郎，批判中央的高塔是無用的設計。

台北師範學校

日治時期台北師範學校的前身爲台灣總督府國語學校，以培養公學校、小學校師資爲目的，是許多台灣知識分子除了醫學院以外的升學選擇。一九二〇年代民族自覺的思潮高漲，也有不少台北師範學校的本島學生參與社會運動、文化協會的活動。該學校的公學校師範部，主要招收本島人（台灣人），小學校師範部則大多爲內地人（日本人）

就讀，台日學生之間發生許多衝突，一九二七年台北第二師範學校成立，台灣學生被遷移至新校區，小學校、公學校師範部也分別成爲台北第一師範學校、台北第二師範學校。

台北高校

台灣總督府台北高等學校，簡稱爲台北高校，一九二二年成立，是日治時期台灣唯一的高等學校。學制包含尋常科四年、高等科三年，學生大多爲日本人，只有少數的台灣人，是當時台灣具代表性的菁英學校，也以自由學風聞名，畢業生可以申請直升台北帝國大學。知名的台北高校校友包含李登輝、王育霖、辜寬敏、邱永漢、王育德等。

台北測候所

一八九六年建造，位於台北師範學校旁邊，負責觀測台灣的氣象、地震，並發布天氣預報。

專賣局

台灣總督府專賣局，經營鴉片、食鹽、樟腦、菸草、酒等物資的專賣制度，是日治時期總督府重要的財政收入來源。一九二〇年代，專賣局及專賣局工場皆位於台北師範學校對面。

台北橋

一九二五年總督府重新建造鐵製台北橋，是大稻埕地區通往三重埔和新莊的重要通道，新橋落成也成爲日治時期畫家寫生的重要地景。

台灣日日新報社

日治時期具官方色彩的報社，一九三〇年增建爲三層樓，樓頂的報社招牌及藍綠色地球裝飾，也成爲當時顯眼的地標。

新高堂書店

日治時期台灣規模最大的書店，位於台北最繁華的街區，接近總督府，商品書籍接軌當時日本最新的思潮流行，也是許多文人熟悉的地標。

新竹座

一九一四年完工開幕，外觀為木造兩層樓建築，由日本人經營。新竹座主要營業項目為映画（電影）放映，偶爾有舞台劇、歌仔戲演出。新竹的新劇劇團「新光社」成立後，首場公演便是在新竹座，與當時已有名氣的彰化新劇社合作演出。

寫在小說之後

1

一九二八年一月的《台灣日日新報》，曾刊載一系列共七回的報導，描述小澤一成爲無政府主義者、成立台灣黑色青年聯盟的經過。雖然這些報導是出自日治時期具官方色彩的報紙，作爲一種對「思想犯罪」的調查報告，但連載的內容詳細敘述小澤的家庭成長背景、求學經歷、與父親的衝突，並分析他的性格與行爲，如同小說般刻畫人物的動機和情節。

後來曾受黑色聯盟事件牽連的楊守愚（楊松茂），則在《台灣新民報》，以筆名翔，發表一篇小說〈嫌疑〉，描寫一個因黑色青年聯盟事件遭到搜查逮捕的青年，在牢獄中寂寞焦慮的心境。

這些有著小說氣味的史料，或者小說本身，加深了我對這個時代黑色青年的好奇，也萌生想要爲這個歷史事件寫一部小說的念頭。原以爲這小小的念頭，只是我轉瞬即逝的想像，它卻逐漸長成它自己的樣子，變得固執而堅定，帶著我繼續思考、完成寫作。

2

小說的骨骼和血肉得以順利成長，想要感謝許多殖民歷史與政治思想史前行研究的啓發與指引。班納迪克．安德森（Benedict Anderson）對於世界史、無政府主義與民族主義的論述分析；吳叡人老師對一九二〇年代日本黑聯《黑色青年》刊物作爲台灣無政府主義重要源頭的政治思想研究；以及陳柔縉老師在日治時期的物質生活與觀念，鉅細靡遺且充滿趣味的著作。還有許多重要的台灣史、政治思想研究者，感謝你們建造如此繁複且充滿驚喜的研究和思考路徑，讓作爲讀者、創作者的我，有幸看見這些美麗的星圖和軌跡。

這部關於台灣黑色青年聯盟事件的時代小說，起始於日治時期的史料世界帶給我無數的，火光一般的興趣和想像。感謝在政大台灣文學研究所就讀期間，佩珍老師、末順老師嚴謹又充實的史料學訓練；也感謝山口守老師曾在研討會給予有關無政府主義研究的提點和鼓勵。

蒐集和閱讀史料的過程，原本是爲了練習做研究、寫論文。但埋頭在這些報刊史料，遇見不少迷人的歷史碎片，讓我生出想要知道更多的意念，但更多時候啓發的，是我不確定該安放在哪裡的想像和揣測。我想或許只有虛構的小說，適合收留這些對於歷史的想像。

日治時期的台灣美術、戲劇，那些美得令人屏息、難以移開目光的作品，往往能夠穿越時空，讓我感覺到活著。黃土水在入選帝展時發表的〈出生在台灣〉曾寫道：「永劫不死的方法只有一個，就是精神上的不朽。至少對我們藝術家而言，只要用血汗創作而成的作品還沒有被完全毀滅之前，我們是不會死的」。透過這部小說，也希望向走過殖民時代的台灣藝術家、美術史及戲劇史研究者致敬。

寫作的路上我非常幸運，總在適當的時機得到實質的幫助，無論是物質、精神或思考的。這一切的善意，讓這部小說得以從想像成爲眞實的書本。

3

寫小說的過程，像是屏住呼吸下沉，大部分的時候，我不確定寫下這些字句能否解答什麼問題，不知道這些文字會抵達哪裡？只是專心地建構敘事，反覆追問、確認史實與時代背景，調動意象去揣摩抽象的事物與情感。有時我盡可能地，試圖貼近一九二〇年代人們的物質與生活樣貌，有時我明白，虛構與想像並不是爲了替歷史做出分明的評斷，於是小心翼翼地退後一步，保持距離。

探索歷史脈絡與安那其的思想最令我著迷的，可能是理解到，沒有任何現狀或規則是理所當然。許多習以爲常的事物與觀念，能透過歷史的研究與爬梳，或對權力保持敏感與懷疑的安那其思考，重新轉換視角，找到通往自由的路徑和可能。

在那段專心寫作的日子裡，我時常意識到自己最期待、最想要去做的一切，正在成爲眞實。其實不確定小小的自己，在宇宙裡是不是眞的做對了什麼，但對此感到非常快樂、非常感激。在文學、在小說面前，總讓我有許多感覺眞正被理解，而放鬆得想哭的時刻；也有一些亟欲說些什麼，對在意的事物感到緊張的時候。我因此想要相信，那些流離散迭的、對歷史和世界的疑問或想像，或許可以依靠著文學和語言，得到歸屬。

謝謝一直陪伴在我身邊的家人、朋友。謝謝我的爸媽，包容、接受我不太符合世俗社會價值觀的決定，讓我能心無旁騖地完成這部小說。謝謝李卩、阿雅、芸嫚、昀珊、寅彰，還有更多懷抱滿滿善意走向我的朋友們，你們給予的肯定與祝福，都是我珍貴的重要之物。謝謝喬這段時間的照顧，那些與文學或知識無關的日常對話，曾經令我非常安心，我們知道結束也是新的起點。

謝謝蓋亞的編輯育如、韻亘，細心專業對待這部作品，對於我的疑問和想法，總是耐心體貼地回應。

謝謝讀到這裡的你，希望這本書能在生活的縫隙，陪伴你度過有趣的閱讀時光。

育園

二〇二五年二月

國家圖書館出版品預行編目資料

安那其的黑色流星／ 童育園 著.
— — 初版.— —台北市：蓋亞文化，2025.03
面；公分.（島語文學；15）

ISBN 978-626-384-170-3（平裝）

863.57 113020732

島語文學 015

安那其的黑色流星

作　　者　童育園
封面插畫　麥克筆先生
裝幀設計　莊謹銘
責任編輯　盧韻亘
總 編 輯　沈育如
發 行 人　陳常智
出 版 社　蓋亞文化有限公司
地址：台北市103承德路二段75巷35號1樓
電話：02-2558-5438　傳真：02-2558-5439
電子信箱：gaea@gaeabooks.com.tw
投稿信箱：editor@gaeabooks.com.tw
郵撥帳號　19769541　戶名：蓋亞文化有限公司
法律顧問　宇達經貿法律事務所
總 經 銷　聯合發行股份有限公司
地址：新北市新店區寶橋路二三五巷六弄六號二樓
電話：02-2917-8022　傳真：02-2915-6275
港澳地區　一代匯集
地址：九龍旺角塘尾道64號龍駒企業大廈10樓B&D室
電話：+852-2783-8102　傳真：+852-2396-0050
初版一刷　2025年03月
定　　價　新台幣320元
Published and printed in Taiwan

ISBN 978-626-384-170-3

本書獲文化部青年創作獎勵

Gaea

GAEA

GAEA

Gaea